A CALMA DOS DIAS

A marca FSC® é a garantia de que a madeira utilizada na fabricação do papel deste livro provém de florestas que foram gerenciadas de maneira ambientalmente correta, socialmente justa e economicamente viável, além de outras fontes de origem controlada.

RODRIGO NAVES

A CALMA DOS DIAS

COMPANHIA DAS LETRAS

Copyright © 2014 by Rodrigo Naves

Grafia atualizada segundo o Acordo Ortográfico da Língua Portuguesa de 1990, que entrou em vigor no Brasil em 2009.

Capa e projeto gráfico
Germana Monte-Mór

Imagem de capa
Kleide Texeira

Preparação
Márcia Copola

Revisão
Huendel Viana
Valquíria Della Pozza

Dados Internacionais de Catalogação na Publicação (CIP)
(Câmara Brasileira do Livro, SP, Brasil)

Naves, Rodrigo
  A calma dos dias / Rodrigo Naves. – 1ª ed. Companhia das Letras, 2014.

  ISBN 978-85-359-2388-9

  1. Contos brasileiros 2. Crônicas brasileiras I. Título.

14-00696   CDD-869.93

  Índices para catálogo sistemático:
  1. Contos : Literatura brasileira 869.93
  2. Crônicas : Literatura brasileira 869.93

[2014]
Todos os direitos desta edição reservados à
EDITORA SCHWARCZ S.A.
Rua Bandeira Paulista, 702, cj. 32
04532-002 São Paulo SP
Telefone: (11) 3707-3500
Fax: (11) 3707-3501
www.companhiadasletras.com.br
www.blogdacompanhia.com.br

Para Alberto Tassinari,
Nelson Felix,
Nuno Ramos,
Sérgio Sister e Dora Paes, que, com muitos
outros amigos e amigas,
me ajudam a ir tocando o barco.

E para
Maria Emilia Romeiro Denapoli,
Mário Mateus Dinis,
Monica Molinari Silva,
Antônio Pessanha Henriques Júnior
e Nilza Micheletto,
a quem devo a vida.

So di passato e d'avvenire quanto un uomo può saperne.
Conosco ormai il mio destino, e la mia origine.
Non mi rimane piú nulla da profanare, nulla da sognare.

Ungaretti

SUMÁRIO

NOTA INTRODUTÓRIA [13]

DECLARAÇÃO [15]

PÂNICO [17]

AUTOCONTROLE [19]

O URUBU E A CIDADE [21]

TEORIA DO CÃO [23]

VONTADE DE POTÊNCIA [25]

NUCA [27]

UM EMPALHADOR DE REALIDADES [29]

IMORTALIDADE [33]

MESA DE TRABALHO [35]

FORMALISMO [37]

OBJETIVIDADE [39]

QUEDA [41]

MARITACAS [43]

AO RELENTO [49]

INSTINTO [51]

HORÁRIO DE VERÃO [53]

A PIETÀ DO PÓS-MODERNISMO [55]

O MELHOR AMIGO DO HOMEM [59]

TERMÓPILAS [61]

A MOÇA MAIS BONITA DA TERRA [63]

SAÚDE [69]

A MALDADE DE GUIGNARD [71]

PALHAÇO [77]

MIRA SCHENDEL (1919-88) [79]

SOBERBA [81]

REVELAÇÃO [83]

AINDA SOBRE ARTE E VIDA [85]

O PROFESSOR [91]

FOCA [93]

LEMA [95]

WILLYS DE CASTRO (1926-88) [97]

TODA UMA VIDA [99]

ADEUS ÀS ARMAS [105]

CONSTÂNCIA [107]

JURANDIR GONÇALVES DE AGUIAR (1948-2007) [109]

DANÇA [113]

A CALMA DOS DIAS [115]

TANGO [117]

UM HOMEM COMO OUTRO QUALQUER:
JOSÉ PAULO PAES [119]

O ENCANTADOR DE SERPENTES [131]

FORMA E CONTEÚDO [133]

AQUÁRIO [137]

LAR DAS MOÇAS CEGAS [139]

PROFUMO D'UOMO [145]

O BAR BALCÃO E MEU AMIGO JOÃO [147]

CENTAURAS NAS CALÇADAS [151]

CREPÚSCULO COM IPÊ [159]

BRAGUINHA [161]

ALZHEIMER [163]

CORAGEM [165]

SEXO [167]

ASSIS [169]

NOTA INTRODUTÓRIA

Desde 1998, quando lancei *O filantropo* por esta mesma editora, não voltei a publicar textos em prosa. No entanto, de tudo que já editei (e não foi pouca coisa), nada me foi mais gratificante que os comentários (não estou falando de elogios) recebidos por esse pequeno e único volume de ficção.

Em parte isso talvez se deva ao fato de que, no Brasil, as artes visuais ainda têm uma presença pública frágil, e é sobre elas que mais costumo escrever, muitas vezes com repercussão restrita e num meio relativamente especializado, embora a situação venha mudando.

Além disso, acredito que os trabalhos de arte tendem a ampliar o campo de experiência e a capacidade perceptiva dos indivíduos e considero essa vocação generosa da arte algo tão fascinante que, dentro das minhas possibilidades, resolvi voltar a ela.

Quis acrescentar esses comentários não apenas para justificar meu retorno à prosa, mas sobretudo para dar algumas explicações sobre a natureza um tanto híbrida deste livro, no qual as prosas curtas que caracterizavam *O filantropo* convivem com retratos de amigos, com cenas do cotidiano e uns poucos comentários de arte.

Assim como a arte tende àquilo que não é propriamente estético (os indivíduos, a realidade social), acredito existirem na vida momentos extraordinários em que a realidade revela uma leveza encantadora e libertária. E com as palavras certas essas experiências podem ir além dos nossos limites. Torço para tê-las encontrado.

DECLARAÇÃO

Declaro para os devidos fins que de nada sou devedor, que nada me é devido. Os ódios que alimentei cessaram. Aqueles que despertei, lamento. Tenho um só amor, por ser o amor espaçoso e excludente. Já a amizade é sedimentar, e me alimento desse aluvião fértil. Não pensem que me despeço. Espero viver muito ainda. Acontece que as forças diminuem e julguei por bem me desfazer de parte da bagagem.

PÂNICO

Diz a fenomenologia que toda consciência é consciência de algo, ou seja, um movimento para fora. Acontece por vezes de essa tendência não se cumprir. São momentos em que — por falta de encanto do mundo ou de energia pessoal — a consciência recua sobre si mesma e biparte--se. Assim cindida, nos faz duvidar de nosso contato com a realidade. Dá-se o nome de pânico a esse estado desesperador em que, em vão, procuramos ser o fundamento de nós mesmos.

AUTOCONTROLE

Posso me controlar por fora ou por dentro. Ambas as alternativas me proporcionam serenidade, paz, força ou comedimento. Posso tornar meu rosto compassivo ou esperançoso, e o que me vai por dentro se deixa levar pelo meu semblante. E assim assento. Consigo também induzir sentimentos e estados de espírito. E aos poucos eles buscam expressão em meus movimentos e gestos, que gradualmente obedecem a sua cadência.

Por muito tempo fui um homem colérico, sem controle, de todo sujeito às pressões alheias. Hoje não reajo mais precipitadamente. Entre mim e os estímulos do mundo ergui um filtro. E decido a natureza dos meus comportamentos. Em certos dias, visto uma expressão serena. É o que faço com mais frequência. Sinto aos poucos minhas energias alcançar um ponto de equilíbrio, como se sedimentassem. Esse movimento de decantação produz em mim um estado de repouso que pede continuidade e zelo.

Noto porém uma lacuna nesse método que conquistei com muita dedicação e de que me orgulho. A alegria: a ela não acedo. Não ignoro o que seja e não é por isso que resista aos meus arranjos. Houve mesmo em minha vida momentos em que me vi tomado por tamanha leveza, tal desprendimento que não saberia nomeá-los de outro modo. Curioso não poder voltar a eles quando novamente os desejo. Tenho algumas hipóteses sobre meu insucesso na matéria, ainda que resista a aceitá-las. Uma delas chega a pôr em xeque todos os meus esforços.

Haveria então grandeza no descontrole, sabedoria na aceitação desses estados de espírito que nos acometem inesperadamente, sem aviso ou esforço? Tenho pensado muito no assunto, em geral à noite, quando tenho mais tempo e o céu conduz à reflexão. E confesso que algumas vezes me peguei divagando de forma tão intensa que me senti parte da vastidão que me envolvia. Não sei se cheguei a um método de induzir o descontrole. Pode ser. Por vezes porém me vem a ideia de largar mão desses exercícios.

O URUBU E A CIDADE

Com as asas abertas, o urubu plana majestosamente sobre o mundo, levado apenas pelas correntes de ar. O urubu não se opõe a nada. Apenas se deixa levar. Risca com uma leve linha negra o azul do céu, para acentuar a leveza e a imensidão do espaço. Esparramada abaixo, a cidade faz o movimento contrário.

TEORIA DO CÃO

Jacobina era um mendigo do bairro a quem me afeiçoara havia muitos anos. Todos os dias trocávamos algumas palavras: conselhos recíprocos, novidades, palpites sobre o tempo. Dava-lhe dinheiro com regularidade, que ele aceitava quase como o pagamento de uma dívida. Ele vivia com Coronel, um vira-lata em cuja pelagem indefinida convergiam muitas linhagens de cães. O bicho não era dado a expansões, mas aos poucos cedeu a meus afagos. Jacobina e Coronel passavam o tempo todo juntos. À noite dormiam colados um ao outro, em meio ao ninho de papelão e cobertores baratos que os agasalhava.

A morte de Jacobina não me deixou escolha: levei Coronel para casa e procurei ocupar o lugar que o mendigo tivera em sua vida. O animal recusou-se terminantemente a dormir na área de serviço do apartamento: arranhava a porta, gania. Resolvi então arrumar sua cama ao pé da minha. Por uns dias ele aceitou a nova situação. Um dia, despertei com o cachorro a meu lado. E não houve jeito de reconduzi-lo ao lugar anterior.

O pior porém ainda estava por vir. Em pouco tempo Coronel teimou em voltar para o chão e não sossegou enquanto não lhe fizesse companhia. Soube responder estoicamente às novas circunstâncias e em poucos dias já me sentia à vontade na acomodação precária.

Poucos meses depois comecei a perceber mudanças no comportamento de meu companheiro. Sentia-o intranquilo, como se os limites de meu apartamento o oprimissem. O animal não tinha sossego e rodava pelos ambientes à procura de uma saída. Uma manhã, ao retornarmos do passeio matinal, mal pude contê-lo. Coronel queria voltar à rua de todo modo. Tornara-se até violento.

Não foi uma escolha fácil. Por fim cedi a seus apelos. Hoje vivemos sem nada, à mercê da caridade alheia. Tratamos com afeto aqueles que nos ajudam. Não me arrependo um só momento pela decisão tomada. Entendo o ar de compaixão dos homens e mulheres que zelam por nós. E nossas faces maltratadas pelo tempo quase não deixam transparecer o que sentimos por eles.

VONTADE DE POTÊNCIA

Há diferentes maneiras de dizer sim: a vida no campo, o trabalho árduo, a caridade, convicções sólidas, crenças. Poderia estender a lista cansativamente: o amor, a guerra justa, o patriotismo, o amor ao próximo, a pesca, a meditação, a paixão pela velocidade ou pelos textos clássicos, a justiça, a sede de justiça. A coisa vai longe.

Ocorre, porém, de assim sem mais nos vermos levados por sentimentos leves e intensos, que em nada dependem da nossa vontade. Como gaivotas e urubus cedem às correntes de ar, parece que nos vemos conduzidos por forças que nos fazem experimentar o corpo como algo alheio à gravidade, ainda que o sintamos mais intensamente do que nunca. Me foge a palavra capaz de nomear essas sensações. O que não me incomoda em nada.

NUCA

Se as pego por trás não é porque me atraia a bunda. Sou um homem cansado de volumes. Quero-lhes a nuca. Ali reside seu equilíbrio. Entre corpo e mente, dúbia, longa de preferência, pois que maior a zona híbrida. Não me refiro a pescoço ou garganta. São coisas frontais e internas. De frente, por dentro, tudo se rearmoniza. Falo de nuca. Falo do que existe apenas no seu esquecimento, daquilo que elas não veem, ainda que as ponha de pé. Vem dela o admirável orgulho das mulheres — tudo depositar numa parte do corpo que jamais verão. Aos espíritos lógicos, restaria explicar por que ponho de lado os homens. Homens são seres inteiriços. Inútil desejá-los. Aquelas que trazem os cabelos curtos, batidos, não se faz necessário sequer tocá-las. Basta aprender a reequilibrá-las de longe. Olhar. Já as que os trazem longos e soltos, convém fazê-las compreender o sentido da expressão "rabo de cavalo".

UM EMPALHADOR DE REALIDADES

Mas, afinal, para que se dedicar à criação de seres tão balbuciantes, incapazes de olhar o horizonte, emborcados, aflitos por terem se avantajado para além da superfície, onde esse incômodo de ser ao mesmo tempo ostentação e insignificância jamais ocorreria?

Nesses quadros de Nuno Ramos os volumes não são o resultado de um movimento de expansão. E justamente por isso se recusam a ser escultura ou objeto. A tridimensionalidade plena lhes ofereceria um bem-estar excessivo. Eles se apoiam na superfície do quadro, mas também sem obter dessa relação um impulso que os ordene, e que, simultaneamente, faça daquele suporte o lugar da gênese de formas vigorosas.

Os espelhos que surgem aqui e ali, em certos "vazios" dos trabalhos, dão bem o sentido desse anteparo sobre o qual pousam os volumes: trata-se sem dúvida de um elemento plano, que no entanto carece de uma área verdadeiramente sólida, já que conduz tudo para um fundo insondável. Assim, torna-se impossível gerar formas que se ergam afirmativamente, impulsionadas por um movimento que vise completude e continuidade.

Esses volumes têm contudo uma particularidade a mais, que reforça a instabilidade apontada anteriormente. A maior parte deles surge do arqueamento de materiais

[29]

planos, com pouca espessura e grande maleabilidade. São lâminas de metal, tecidos, plásticos que ganham corpo a partir de manobras variadas, as quais procuram dar solidez a esses elementos rasos. E aquilo que originariamente dedicava-se ao revestimento de objetos passa a se mostrar com autonomia, conquistando de súbito uma consistência antes insuspeitada. Vem daí a aparência de mau gosto e artificialidade que num primeiro momento domina esses trabalhos. De fato, não se pode encontrar neles a presença solene dos materiais nobres, cujo caráter compacto remete a uma unidade sem fissuras, apta a reunir, num todo contínuo, superfícies, contornos e densidades.

Nos trabalhos de Nuno Ramos as suturas deixam à mostra as incongruências dessas junções precárias, que tentam em vão acomodar numa mesma unidade coisas tão díspares. O aspecto grosseiro dos quadros deriva em boa parte dos traços intencionalmente postiços que marcam a conformação dos volumes. Metais, tecidos e matérias plásticas podem muito bem andar juntos — os automóveis, por exemplo, os reúnem com desenvoltura. A questão está no tipo de confronto produzido nesses trabalhos. Incapazes de se anularem uns aos outros — pois deixaram de ser revestimento para serem eles mesmos —, aqueles materiais exibem um excesso de artificialidade agoniante, que as crostas de pigmento não conseguem ocultar ou diminuir, parecendo ser antes uma secreção provocada por relações conflituosas.

Os quadros sabem no entanto evitar com precisão o fascínio mórbido do kitsch, já que insistem em reverter essa condição artificiosa que induzem. É rigorosamente por essa razão que eles buscam transformar lâminas e folhas em quase sólidos, suavizando o despudor dos materiais por meio da maior discrição proporcionada pelas formas tridimensionais. Semiocultos pelo disfarce de cilindros, esferas e similares, os revestimentos veem sua aparência pacificada, sem que a tensão entre ser superfície e volume se resolva de todo. Indecisos como são, esses corpos têm a vivacidade de animais empalhados. De fato, de alguma maneira os quadros de Nuno Ramos lembram paredes de caçadores — exibem seus troféus num misto de orgulho e nostalgia, pois não conseguem unir vida e domesticação. As obras de Nuno Ramos, porém, são muito mais que a invenção de contrafações. Se recusam a criação de realidades por demais saudáveis, não o fazem com o intuito de afirmar a inviabilidade de experiências do real, ou para denunciar a sociedade contemporânea, expondo seus restos, como nas colagens pop. Há nos quadros um realismo de base, se por isso entendermos o esforço para propiciar uma experiência plausível do real sem emprestar-lhe uma robustez excessiva mas também sem transformá-lo numa virtualidade fugaz. Ou seja: aqui, realismo significa uma atitude crítica em relação ao estatuto contemporâneo da realidade.

A tecnologia e os processos produtivos vigentes sonham (ou deliram) com um mundo tornado pura plasticidade, que não ofereça nenhuma resistência a suas operações. De certa maneira o discurso pós-moderno é o regozijo por tal estado de coisas. Os trabalhos de Nuno Ramos, ao contrário, mobilizam essa ânsia de maleabilidade num sentido oposto, tornando-a fonte de sensações rudes. O sistema de oposições armado nas obras possui uma irresolução de fundo. A instabilidade formal desses quadros — que pressupõe um rigor formal estrito, sem o que perderia a eficácia e não se mostraria do modo como se mostra — lança as bases de um movimento pânico, em que as coisas, por não adquirirem um delineamento completo, se revelam de maneira assombrosa, pois a ausência de uma identidade plácida lhes dá um realce assustador.

De par com a tensão entre volume e superficialidade, o conflito entre o caráter excessivamente artificial dos materiais e o aspecto quase natural das formas alcançadas — já que não têm definição plena — nos coloca no coração de um processo aversivo. Uma cisão extremamente incômoda entre as formas e os materiais de que são feitas — que o

[31]

leitor imagine uma faca de leite — faz com que a própria ideia de instrumentalização do mundo fique em causa. De tão dócil, a realidade escorre pelos dedos. Quando a experiência proporcionada por esses trabalhos se completa, aquela docilidade formal adquire uma dimensão excessiva. E o empalhador de animais desperta assustado no meio da noite: sonhou um elefante que corre pelos campos sem a pele, a carne exposta, as vísceras expostas.

IMORTALIDADE

I

Decidi ser imortal hoje à tarde, enquanto molhava as plantas do jardim. O crescimento acentuado de roseiras, primaveras e brincos-de-princesa pedia reparos nos canteiros e a transferência de algumas plantas de lugar. Aos setenta e poucos anos de idade tarefas como essas fazem pensar, conduzem a cálculos sobre as possibilidades de aproveitarmos ou não os frutos de nossos esforços. Então decidi prorrogar sine die o meu passamento. Nesse momento, involuntariamente meu peito arfou e senti os efeitos revigorantes da respiração profunda no organismo. Ergui a cabeça e o pôr do sol parecia transpor para a natureza o sentimento de paz que ia em mim. Não morreria mais. Apenas dormiria e acordaria. Apoiado na enxada, o poente ao fundo, devia parecer um camponês de Millet.

II

Desde então minha capacidade de trabalho adquiriu um ímpeto que desconhecia. Não meço esforços e tudo que planejo cede aos meus arranjos. Os obstáculos que se interpõem em meu caminho não são mais fonte de irritação. Tenho todo o tempo do mundo e, assim, tomo-os como estímulo a novas experiências. Se morte houver,

faço-me adubo dos canteiros. Não morro mais. Sou livre.
À consciência subtraio seus poderes. O que me vale é o
que dissipo.

MESA DE TRABALHO

Vista assim de longe, lembra uma natureza-morta. Cada coisa em seu lugar, uma ordem em suspensão, iminente, à espera das ações que lhe darão sentido. Foram anos até chegar à disposição certa, aos livros distribuídos em pilhas, lápis, caneta, borracha à mão. Quem a vê agora mal sabe o que isso custou. Sento-me à mesa como se vestem luvas. Uma adequação perfeita que chega a comover. Lamento que os temas espinhosos, as questões complexas se furtem a esse arranjo obtido a duras penas. Felizmente existem também assuntos afeitos à paz desse ambiente de trabalho: a sabedoria, cartas a amigos, anotações para trabalhos futuros, a serenidade e a lista das obrigações inadiáveis.

FORMALISMO

Porque não falam, obras de arte são obras de arte e não bonecos de ventríloquo. Cores, sons, palavras, corpos ou pedras tornam-se arte apenas quando adquirem uma resistência que os aproxima do mundo, como uma tangente. Esparrame limalha de ferro sobre uma fina folha de papel e faça um ímã correr sob ela. Tão logo o contato entre eles cesse, o desenho realizado na superfície do papel se desfaz. Algo semelhante ocorre com a arte. A atração que pode reestruturar a realidade não advém de um processo de subtração, de um significado que supusesse um despojamento de tudo que a torna diversa de um conceito, por exemplo. Ao contrário, assemelha-se mais a um processo de fermentação. Por acréscimo. Não se chega a uvas a partir do vinho, mesmo que os procedimentos para sua obtenção sejam seguidos passo a passo, de trás para a frente. Há porém quem as ame mesmo feitas de cera.

OBJETIVIDADE

Ele acreditava apenas nos sentimentos. Desconfiava do dinheiro, das leis e das instituições. Consultava somente médicos amigos, pois temia que os outros lhe faltassem nos momentos cruciais. Nos restaurantes, prezava mais a solicitude dos garçons que a boa comida. E dos livros retinha exclusivamente aquilo que lhe pudesse servir de orientação e guia, fossem eles romances, de poemas ou compêndios de filosofia. Admirava os homens de poucas palavras e as mulheres independentes. Não conseguia avaliar as pessoas além daquilo que revelavam em sua conduta. Sabia que seus critérios, de resto involuntários, limitavam sua visão do mundo, ainda que não lograsse superar essa limitação. No íntimo, esperava que suas expectativas se cumprissem. Aqueles que desprezava pelas atitudes pessoais haveriam de se revelar medíocres política ou administrativamente. "Não há negócio bom com gente ruim", repetia para si mesmo e para os outros. E torturava-se por não conseguir, muitas vezes, pôr-se à altura das próprias exigências.

QUEDA

Cair assim
sem peso
como um
sabiá.

MARITACAS

Elas parecem maritacas. Andam em pequenos bandos e são muito ruidosas. Duas ou três maritacas alegram uma árvore inteira. Três ou quatro dessas meninas animam toda uma rua. Não têm penas para limpar com o bico, mas passam o dia baixando o top e levantando a calça, que insistem em subir e descer. E todas elas — meninas e aves — são extremamente volúveis e tiram sua alegria de uma admirável mobilidade. O dia todo de um lado para outro.

Poucas vezes a moda foi tão homogênea. Mulheres um pouquinho mais velhas que essas adolescentes chegam a reclamar da unanimidade, que quase as obriga a cortes que suas silhuetas às vezes não mais aceitam. Realmente, tornou-se difícil encontrar calças femininas com cinturas normais. No entanto também raramente houve tanta variedade no interior de um esquema tão simples: top, cintura baixa, sandália (ou qualquer calçado baixo) e cabelo preso por uma "piranha" um pouco acima da nuca.

Não saberia ao certo a que atribuir as inúmeras combinações que essa fórmula possibilita. Mas sem dúvida há razões econômicas para isso (o barateamento dos tecidos, a simplicidade das roupas que compõem o conjunto). O que resulta numa democratização saudável, que coloca meninas de classes diferentes em pé de igualdade. O despojamento dessa tendência, que já dura uns quatro anos, decididamente não tolera peruagens. Há nesse jeito de vestir uma doce vulgaridade, em que o bom ou o mau gosto depende mais dos olhos que do bolso das moças.

Mas me parece existir nessa moda outro aspecto que amplia em muito seu interesse. Nela, tudo é sugestão e semiocultamento. Menos a barriga de fora. Porém essa faixa de carne não se mostra apenas empiricamente. Há todo um jogo de forças que a torna o centro de uma dinâmica rica e original. Mas aqui cumpre ir devagar e tentar traçar *idealmente* os corpos e a noção de beleza que essa forma de trajar supõe.

Comecemos com as calças, que também podem ser saias, pois aqui há muita flexibilidade. Antes de tudo, elas devem *cair*. Os ilíacos — esses ossões frontais que ficam um pouco abaixo da cintura — são seu suporte natural. O cós das calças ou saias, pela própria natureza desse corte, não deve estar agarrado ao corpo. Ao contrário, precisa ceder à gravidade, detendo-se de leve no próprio relevo do corpo. E lá embaixo, nos pés, nada pode contrariar esse movimento de queda, donde o absurdo que seriam saltos altos e calças saint-tropez. E então vem o melhor. Porque, ao caírem, insinuam mais do que mostram: beiradas de calcinhas, começos de virilha, com suas promessas e tentações. Algumas meninas mais ousadas repetem atrás a operação frontal. E colocam uma tatuagem bem no final da lombar... só pra chatear.

A esse movimento de queda se opõem o top e os cabelos presos. Os tecidos sintéticos e elásticos grudam e dão firmeza ao tronco. Mas também há as camisetas, os panos leves, que cabe aos seios jovens sustentar e delicadamente definir. Sem falar na profusão de alcinhas que mal sabemos se de fato alçam ou se apenas indicam que por baixo ainda há outras camadas a explorar. E os sutiãs de hoje têm toda uma engenharia que faz dos seios uma matéria paradoxalmente maleável, pois mais tenra quanto mais moldada.

E para culminar esse movimento ascensional convém deixar o pescoço à mostra, com o que o torso ganha em superfície e direção. Por isso os cabelos devem ser apanhados mais no alto da cabeça, deixando à vista todo o colo, para cair em seguida... e tudo recomeçar. Novamente, o que conta é o poder de sugestão: dos seios — por pressão ou leve contato —, do colo, da nuca e seus encantos.

E entre cá e lá, entre o que se alça e o que cai, a faixa de barriga à vista, não como território neutro e sim como região que concentra as energias que percorrem esses corpos dinâmicos e que uma tênue camada de gordura protege das forças opostas em ação. Também aí muita arte é requerida. Nem muito larga, pois o movimento de sugestão se desfaria num passe de mágica e nos perderíamos na superfície do ventre, totalmente à mostra. Nem muito estreita, pois então nos escapa a capacidade de vislumbrar o que se oculta.

Mas se essa pode ser a descrição *ideal* de um modo de vestir — ou seja, daquilo a que, no horizonte, ele aspira ou almeja —, dificilmente se encontram mulheres que correspondem ao que esse traje ambiciona. Não só mulheres mais maduras dificilmente se encaixam no figurino. Mesmo as jovens precisam ter sorte para passar no teste: seios médios e insinuantes, cintura meio fina e ossos grandes, pescoço longo e colo amplo, um tantinho de gordura na barriga e cabelos não muito lisos (para não caírem rápido demais), sem falar no bumbum, que não deve nem ganhar nem perder para os ilíacos.

No nosso país, essas dificuldades adquirem um complicador fascinante. A mistura de raças e mesmo de povos de uma mesma raça produz mesclas adoráveis e desafiadoras: morenas bundudas e de peitos pequenos, brancas peitudas e pouco fornidas nos traseiros, meninas coxudas com cinturas muito finas, e assim vai. Elas não param de se multiplicar. E então uma moda quase universal adquire no Brasil um encanto ainda maior.

O que parece um paradoxo — um padrão e a dificuldade de atingi-lo — guarda na verdade toda a beleza dessa tendência. Aqui, o ideal está em saber *deslocar-se* entre alto e baixo, entre o que ascende e o que desce. A graça da moda top-cintura baixa reside mais naquilo que insinua do que no que mostra. O que está à vista — a faixa de barriga — apenas mantém acesa uma promessa sempre postergada. Do mesmo modo, as exigências do conjunto top-cintura baixa colocam *no horizonte* — apenas no horizonte — uma beleza dificilmente verificável. E o charme dessa tangente sensual se encontra no fato de que ela não pressupõe uma noção de beleza dada a priori, mas algo que se desloca de maneira indefinida, um sistema de relações complexo e inteligente entre ocultamento e revelação.

Ou seja, aqui também a beleza apenas se evoca, sem poder ser atingida... como as virilhas, nádegas e seios dessas meninas... e, como de resto, o próprio *conceito* de beleza. Dentro de certos limites, basta conhecer o próprio corpo e as regras do jogo — ou seja, ter olho e espírito — para tirar proveito das liberdades e manhas desse sistema de arranjos e seduções. Há meninas magruchas e gordotas que conseguem, merecidamente, parar o trânsito. Às garotas de seios pequenos não convém, por exemplo, deixar cair excessivamente a cintura: ficariam longas demais, sem o movimento ascendente a contrabalançar o corpo que cai. Mas disso elas entendem muito mais que qualquer marmanjo...

Boa parte da arte contemporânea procura levar a vida para dentro dos trabalhos de arte e também para os museus e galerias. Um pouco de atenção à própria vida revelaria o quanto esse raciocínio ainda preserva de antigos dualismos. Afirmo que há mais arte na maneira de essas meninas se arrumarem — ou seja, na rua, na vida — do que em dois terços da arte feita em nossos dias. Sobretudo para os leões velhos, já sem dentes para essa carne, e que apenas as observam enquanto jogo e encantamento.

O que esse conjunto de trajes aponta é que toda mulher é *perfectível*, e nos mais variados sentidos. E seria bobo ver aí apenas a correspondência a padrões machistas de sexualidade, pois essas meninas estão sempre onde menos esperamos. Elas deslocam o padrão de beleza à medida que sabem se deslocar. Algo totalmente diverso ocorre com a sofrível moda dos biquínis fio dental, hoje em dia no ocaso. E isso por uma razão muito simples: existe aí *um* padrão e ele não é humano. Me explico: aquelas pernas enormes que começam no triangulozinho de pano posto por cima do sacro não são pernas humanas. Pertencem a cavalos. E nesse terreno as moças perderão sempre para os majestosos equinos. Com o fio dental as mulheres mais mostram do que ocultam. Ele aponta para um ideal dado e existente, porém inatingível. E, de fato, deve haver no mundo duas ou três mulheres capazes de usar esses trajes sem fazer feio.

Mas o conjunto top-cintura baixa possui mais: o antídoto perfeito contra o neoclassicismo de silicones, plásticas, lipoaspirações e demais corretivos corporais, com sua subserviência e preguiça. Para essa visão acadêmica, o corpo é um ser burro a quem cabe educar na base da truculência, até que se amolde a padrões estáveis e previsíveis. Contra esse privilégio do volume, essa redução do corpo a umas poucas regiões, as meninas revelam um território muito mais amplo. Como para as maritacas o ar, o corpo é para quem sabe se deslocar.*

---

* Agradeço a Gloria Kalil, Mariana Sister Whately, Marco Mello, Elizabeth Jobim e Renata Rangel as informações e dicas preciosas. As barbeiragens são todas minhas.

AO RELENTO

Experimento o mundo pelo lado de fora. São-me estranhos intenções, processos inconscientes, maquinações de qualquer ordem. Têm a casca lisa e brilhante as laranjas azedas que tanto aprecio. São mansos os cães de pelagem macia. E convém manter à distância as mulheres francas e insinuantes. Andar atrás de causas profundas é procurar abrigo que nos livre da vida ao relento. Viver em casa. Acredito no que me transmitem os sentidos, ainda que por vezes me embarace o que por eles alcanço. Uma foca, por exemplo: lisa, lisa, econômica nos traços, e gordura de cabo a rabo. Por que não extravasa? Detém-na a elegância das linhas ou é a banha que as calça? Tarefa árdua buscar associações no que vejo. Mas a elas me entrego com paciência e tato.

Não desconheço minhas limitações. Também a mim faltam razões internas, movimentos íntimos. Quando elevo a voz, o que ocorre com frequência, é ela quem me governa. Tudo em mim se tensiona. E o volume crescente da fala parece verticalizar-me, como se me alçara pelos cabelos. Já a linha do horizonte, o mar longínquo que vai aos poucos se transformando em traço, me sereniza. Me dissolvo à medida que de mim me afasto, me acalmo quando aos poucos reconheço que não posso abraçar aquilo que me falta.

Talvez seja essa também a razão de depender em demasia dos outros. Por poder me olhar apenas parcialmente, vejo-me tão só nas alterações que provoco, como vejo elevar-se a água da banheira. Gostaria de saber suspender meu peso, poder pisar de leve — enfrentar a vida apenas como quem verifica a temperatura da água. Sou no entanto estabanado. Gostaria de ser sábio. Relacionar-me harmonicamente com os outros, com a realidade. Pareço no entanto um marreco que nadasse com uma só pata.

INSTINTO

No campo, costuma-se improvisar abatedouros de gado com traves erguidas no alto de pequenos morros. Nelas são suspensas pelas patas dianteiras reses mortas a golpes de marreta, posteriormente retalhadas por açougueiros locais.

Se não for separado do animal sacrificado num curral à parte, o resto do rebanho é tomado por um pavor tão profundo que por vezes não se consegue detê-lo.

Nos gramados que rodeiam esses matadouros primitivos, os urubus disputam vorazmente as vísceras de bois e vacas, formando uma massa negra que se move em pequenos saltos (urubus não andam). Essa situação poderia servir de metáfora a muitos acontecimentos humanos. O que constituiria total desrespeito para com reses. E urubus.

HORÁRIO DE VERÃO

Trata-se do período do ano em que as manhãs ocorrem duas vezes. Quando nos levantamos para o trabalho e quando, dever cumprido, a luz tênue da tarde parece oferecer outro início, mais promissor e livre. Não dura muito. São mais ou menos duas horas de luz. Durante esse tempo é possível entregar-se à contemplação. Unir-se ao toque dos sinos e estender-se até onde os sons morrem. Mas podemos também fazer outro movimento. Nos deixar permear pela luz que se extingue e simular uma morte lenta e completamente indolor.

A PIETÀ DO PÓS-MODERNISMO

No Santa Ynez Valley, Califórnia, numa área de dois mil e setecentos acres, Michael Jackson edificou seu reino infantil: Neverland. Ali, na Terra do Nunca, Peter Pan conseguiu afinal suspender a passagem do tempo. Entre carrosséis, lagos, um forte apache, aldeias indígenas, zoológico e uma infinidade de jogos eletrônicos a vida se move ao sabor de desejos inocentes: leve, volúvel, reversível. Basta fechar os olhos, pensar forte em alguma coisa e lá está ela, à disposição. Ou então é dar de costas, e os problemas ficam para trás.

Para Michael Jackson, de fato a infância é algo a ser conquistado. À medida que nos afastamos dessa existência simples e espontânea, a vida tende a adquirir uma complexidade nociva, que impede a serena realização daquilo que almejamos. Como ele mesmo diz no seu livro *Dancing the Dream*: "Se uma criança quer um sorvete de chocolate, ela pede. Os adultos complicam tudo, perguntam se devem ou não tomá-lo. O mundo anda tão complexo que eu penso que, mais do que nunca, nós precisamos de nossas crianças".

Se vez ou outra suas coreografias ganham um caráter meio erótico, que não se veja aí o surgimento de impulsos incontroláveis. É como brincar de médico. Fingir de adulto e imitar um comportamento cujo sentido se desconhece,

[55]

deixando-se levar por um desejo difuso. São perversões sutis e inofensivas. Coisa de menino solitário, tendo de imaginar parceiros e aventuras.

No mundo efêmero e artificial da cultura pop, a figura pública de Michael Jackson — bem mais abrangente e significativa do que sua atividade como cantor —, que é o que me interessa aqui, de algum modo traz uma solicitação de permanência e singeleza. Da bolha de oxigênio puro à aparência harmoniosa, da castidade à voz límpida, tudo nele parece aspirar a uma atemporalidade sem mácula. Quando o acusaram de querer embranquecer a pele, a doença se impôs como um desmentido irrefutável. De fato, nada mais distante do seu ideal do que um desregramento que tome conta do corpo e o corrompa.

Dessa ânsia de pureza e de perfeição — para a qual contribui a extrema competência de seu desempenho profissional — surge o desenho de uma *moral* muito peculiar. O esforço para tornar-se melhor deixa de ser um jogo complexo e tangencial e converte-se em algo imediatamente visível: espontâneo e singelo como um sorriso de criança. Há muito de ridículo nisso tudo, não resta dúvida. No entanto, como sempre acontece nesses casos, a crença desmedida nas aparências — o ridículo — também revela uma autoconfiança desconcertante.

E o isolamento, a necessidade constante de proteção contra o assédio dos fãs, reforça essa feição de menino santo que se mantém afastado das ameaças do mundo, expondo-se apenas nos momentos de graça. Mas é no próprio corpo, ou melhor, no próprio *rosto* que esse ideal deve se mostrar plenamente. Aqui, quem vê cara deve ver coração. Em vez de ser o lugar em que, de uma maneira ou de outra, se manifestam certas transformações pessoais, o rosto assume a condição de território em que se elaboram mudanças físicas que, posteriormente, ganharão a alma.

Novamente, um materialismo singelo comanda as operações. Contudo, essa inversão irá determinar uma direção muito precisa ao processo de aperfeiçoamento. Como se

trata de, acima de tudo, conferir perfeição a uma *matéria* —
a carne —, esse processo necessariamente se aproximará
de um ideal de *beleza*. Assim, a moral estampada na face
de Michael Jackson precisará se nortear por critérios como
harmonia, proporção, equilíbrio e simetria, e não é de es-
pantar que o resultado lembre um príncipe neoclássico.

Nesta ética do imediato, de fato não sobra lugar para
uma dinâmica mais complexa, em que moral seja justamente a troca de papel entre os sujeitos, a pergunta pelo
sentido recíproco de nossos atos. E me parece que as questões levantadas pela singeleza de Michael Jackson têm
uma relevância extraordinária, pois representam processos importantes, com que deparamos cotidianamente.

Segundo especialistas, Michael Jackson deve ter passado por mais de vinte cirurgias plásticas, para chegar à
aparência que tem hoje. Nem é preciso apontar a violência
envolvida nisso. De imediato, vem à mente a comparação
com a figura de Frankenstein. Mas enquanto a personagem monstruosa de Mary Shelley — como mostrou José
Paulo Paes — simbolizava o terror diante dos poderes da
técnica e resultava da perda de controle em relação àquilo
que havia sido planejado, Michael Jackson encarna uma
espécie de júbilo em face daquela capacidade de intervenção e sublinha a *correspondência* entre projeto e realização.
Ambos nascem de procedimentos extremamente violentos, embora ao fim e ao cabo a face do cantor já não revele
nenhuma marca daquelas operações e ostente apenas uma
candura infantil.

Essa combinação entre uma violenta intromissão na
natureza das coisas e uma aparência suave coloca a figura de Michael Jackson como uma espécie de suma dos
processos que norteiam a tecnologia e a produção contemporâneas. Mais que isso: o fato de o aspecto físico de
Michael Jackson estar intimamente ligado a uma *noção
de moral* faz com que aquele processo de intervenção nas
coisas se transforme em modelo para a avaliação das relações sociais.

Mas a discrepância entre essas duas esferas — a da produção e a da sociabilidade — torna essa passagem altamente problemática. De fato, se presenciamos um enorme poder de manuseio no campo da tecnologia e da produção — uma espécie de eliminação da resistência dos materiais e a criação de uma transparência e de uma plasticidade absolutas —, não conseguimos encontrar correspondência para essa dinâmica na sociedade. E a tentativa de transferir processos de um setor para o outro só pode levar a consequências desastrosas. Basta pensar no significado que teria para nossas vidas a ordenação da sociedade a partir de critérios harmônicos que nortearam a remodelação do rosto do cantor.

O mundo pop sempre lançou mão de inúmeros recursos para multiplicar o poder de alcance de seus astros. Michael Jackson levou esses procedimentos a suas últimas consequências — introduziu-os no próprio corpo. Fez do ideal pós-moderno — a transformação da realidade em imagem — algo a ser testado na própria carne. E, então, a leveza e a reversibilidade pós-modernas adquirem uma dimensão trágica. E de fato Michael Jackson é a Pietà do pós-modernismo, assim como o *Marat* de David foi a da Revolução Francesa.

Tradicionalmente, o autorretrato representava um esforço para fazer coincidir semelhança física e espiritualidade: uma combinação entre aquilo que vemos e seu significado. No seu autorretrato encarnado, Michael Jackson quis planejar sua espiritualidade a partir da determinação de suas feições. É difícil conceber uma aposta mais arriscada. Olhar no espelho e não saber quem reflete e quem é refletido.

O MELHOR AMIGO DO HOMEM

Porque os cães não falam eles são os melhores amigos do homem. Porque se os cães falassem haveria entre homens e cães comunicação e não amizade. Coisas que se supõem, é bem verdade, mas que eventualmente também se excluem.

Disso estão livres os cães. Há na meiguice triste de seus olhos o desconsolo de quem conhece os limites das palavras mais a ternura dos sentimentos não nomeados. E é precisamente dessas duas experiências que são feitas as amizades.

TERMÓPILAS

Há dez dias esperamos os persas no desfiladeiro. A nós foi dado morrer com honra. Estamos agora seguros de nosso destino, e mais não pode desejar um homem. Confirmam-no o azul do céu, a atmosfera cristalina. Quando o rumor marcial das tropas adversárias ressoar ao longe não encontrará em nós sequer vestígio de indecisão ou temor. Coube a nós o lado certo. O inimigo não nos faltará.

A MOÇA MAIS BONITA DA TERRA

A pergunta certamente soará ingênua. No entanto, não haveria outra maneira de formulá-la: por que Gisele Bündchen é a mais bela mulher do mundo? A ingenuidade, em princípio, repousaria sobre dois pontos. De um lado, sabemos que os critérios que envolvem a beleza humana variam tremendamente com o passar do tempo. Twiggy, hoje, não passaria de uma garotinha linfática. De outro, como julgar esteticamente algo que não foi feito a partir de projetos e intenções, e que assim tem tanto de aleatório que desautorizaria qualquer argumentação e portanto o juízo crítico? E no entanto Gisele Bündchen continua a ser o mais belo espécimen humano sobre a face da Terra (embora um dia o tempo também colocará suas marcas sobre ela...), indiferente aos possíveis torneios teóricos que a poderiam envolver.

E já que não podemos julgar as coisas de fora de nosso tempo, tentemos uma breve digressão sobre essa beleza que, ao menos momentaneamente, nos devolve um sentido de completude, de par com a urgência de dizermos algo sobre ela. Afinal, o que seria da história sem a ilusão desses dois predicados: completude e urgência. Além de muita ilusão, pura e simplesmente. O que não deixa de revelar os parentescos que aproximam beleza e história.

De saída, convém ressaltar alguns aspectos singulares da beleza de Gisele Bündchen. Muitas belas mulheres se deixam apreender e reduzir a aspectos da face ou de outras partes do corpo: os olhos quebrados de Helen Hunt ou Claudia Schiffer, as maçãs do rosto de Sophia Loren — a antecipar a dilatação dos seios —, os lábios de Angelina Jolie, o nariz infantil e perverso de Sharon Stone. Gisele Bündchen é outra coisa. Todo o seu corpo se desdobra numa cadência impressionante, como se cada parte dele reproduzisse à perfeição sua totalidade, sempre antecipada pelos detalhes e no entanto sempre adiada pela impossibilidade de apreendê-la inteiramente. Por isso ela é majestosamente longa. Inesgotável.

Tomemos, por exemplo, sua boca. Ao mesmo tempo em que seus lábios sobressaem, ligeiramente carnudos, sua sinuosidade suaviza um volume que poderia tornar-se excessivo, justamente o problema de Angelina Jolie. Mas isso também acontece porque seus olhos dão sequência a esse movimento. Os supercílios levemente distendidos se veem equilibrados pelo desenho amendoado dos olhos, que sustentam assim elegantemente o que de outra maneira pesaria demais. E entre a boca e os olhos um nariz forte e afirmativo, para não deixar dúvidas de que entre cá e lá cumpre percorrer distâncias. Tudo nela é um jogo de articulações instáveis, de compensações, em que nada adquire uma singularidade estridente, a reivindicar primazia e atenção descabida: seios fartos, pernas longas; cabelos ondulados, corpo longilíneo; olhar impenetrável, testa franca. O diabo!

Não há nada de pitoresco em Gisele Bündchen. Ela é clássica. Modernamente clássica: podia ter dado errado, não houvesse criado um *novo* sentido de harmonia e proporção. Qual? Basta perguntar a Botticelli, cujas Vênus, madonas e Graças são, na história da arte, o que mais se aproxima de Gisele, não fossem seu simétrico oposto — mulheres desenhadas por linhas suaves e delicadas, nas quais a carne amedrontada se retira para que os corpos translúcidos façam brilhar o espírito, como mostrou admiravelmente S. J. Freedberg. Gisele Bündchen move-se em outra direção. A pele morena — a renegar a ascendência germânica — revela uma carne afeita aos prazeres sensíveis: a luz, o calor, a vida ao ar livre.

No entanto há mais. A ausência de traços pitorescos — aqueles que fazem a delícia dos caricaturistas — não a priva de vivas particularidades. Diferentemente do personagem de "O espelho" — conto de Guimarães Rosa em que o narrador procura ver sua "vera forma", "eu por detrás de mim", livre de qualquer eco animal, influência afetiva e psicológica, até por fim não mais conseguir enxergar-se no espelho —, Gisele reúne admiravelmente singularidades e traços universais. Até mesmo suas sardas (meu Jesus!) parecem existir apenas para realçar a humanidade do conjunto, que de outra maneira a aproximaria perigosamente das divindades, que, como se sabe, não existem.

O leitor perdoe o entusiasmo, mas tanta graça chega a comover, como são comoventes todos os fenômenos naturais que revelam a ocorrência imprevista dessas combinações maravilhosas, em que o acaso parece confirmar na natureza nossas aspirações mais profundas: diversidade, harmonia, gestos não guiados por interesses.

Mas onde encontrar natureza no mundo da moda, absolutamente voltado para a criação de imagens voláteis e passageiras, a serem consumidas num tempo radicalmente oposto ao das lentas mutações naturais? A resposta é paradoxal, mas me parece a única cabível. Há nessa moça de vinte e dois anos muito da *história* do nosso país. E não me refiro apenas ao conjunto levemente desconjuntado, à articulação inesperada de ossos longos e doces volumes. Penso antes num certo inacabamento inerente ao seu encanto, uma instabilidade que lembra o futebol de Rivaldo e Sócrates, um equilíbrio frágil que pede de nossos olhos mais que contemplação e deleite, solicitando deles um empenho para sustentá-la e mantê-la na linha.

E basta, por exemplo, compará-la com Cindy Crawford para que suas particularidades sobressaiam. A americana tem uma constituição sólida, uma completude impositiva que em nada lembra o equilíbrio instável de Gisele Bündchen. E aqui torna-se inevitável o lugar-comum: Gisele tem em todos os seus aspectos algo de selvagem, de uma natureza que não se converteu plenamente em cultura, e reluto em não atribuir isso ao seu país de origem, essa terra estranha em que alemães — os ascendentes de Gisele de ambos os lados — viram caipiras da gema. É no meio dessa história incompleta que a natureza cobra suas prerrogativas e que Gisele Bündchen se distingue de todos os seus pares.

Por tudo isso, ela é a mais bela mulher dos nossos dias — porque em meio a toda a artificialidade do mundo da moda mantém um viço que a distingue e enobrece. Olhando-a — ainda que só por fotos —, vemos no mundo contemporâneo o resíduo de algo que não se domesticou, e que por isso fala tanto à sensibilidade atual, um traço que Paul Newman, por exemplo, veio a conquistar apenas na velhice, quando o peso dos anos contrabalançou a civilidade de seus olhos azuis. Nela no entanto a juventude excede a lenda do bom selvagem, intocado em sua pureza. E novamente seu classicismo moderno ajuda a entender os mistérios de seu encanto. A jovialidade de Gisele Bündchen não tem o caráter ingênuo da personagem que se construiu em torno de Julia Roberts. Ao contrário, Gisele parece ser apenas a mais nova florescência de uma distante linhagem, que através dos tempos guardou e depurou uma experiência que pertence a toda a humanidade, ainda que a vislumbremos apenas de relance.

Mas por que então falar em beleza, um conceito tão intimamente ligado à correção do mundo? Justamente porque Gisele Bündchen não é uma obra de arte, uma área em que a noção de belo há muito tempo perdeu a razão de ser. Desvinculada da arte, a beleza transformou-se num conceito errante, que pode qualificar os domínios mais dis-

tintos, da ética (um belo gesto) à ciência (uma bela desco-
berta). E assim vem a ser o termo quase exato para nomear
essa figura que também vacila permanentemente entre
Saracura — seu apelido de infância em Horizontina — e a
mais perfeita das aparições.

Kant afirmava que o juízo estético é desinteressado.
Com isso queria dizer que ao julgarmos uma flor ou uma
obra de arte não estamos preocupados com sua existência
real ou com uma possível utilidade. Afinal, seria um pouco
demasiado querer montar o cavalo de Napoleão pintado
por David ou trocar a água dos vasos de flores de Manet.
Creio que, diante de Gisele Bündchen, Kant vacilaria. O
que não é o meu caso: reumático, um metro e setenta, cal-
vo e meio torto, aqui é o observador que não existe. O que,
infelizmente, dá na mesma.

SAÚDE

Aos treze anos um gosto de ovo estragado na boca e uma fraqueza imensa puseram-no na cama por um mês, alimentando-se à base de gelatina e suspiros. Hepatite. Depois vieram as dores nas juntas. Foi pior, durou muito mais, mas por fim elas abrandaram e conseguiu tocar a vida normalmente. Bem mais velho, uma apendicite supurada quase o leva embora. Como era homem de cálculos, chegou a imaginar que sua cota de sofrimentos estava preenchida e que doravante nada mais o perturbaria. Havia a morte, é claro. Acreditava, porém, que os sofrimentos passados a abrandariam. Não foi isso que ocorreu.

A MALDADE DE GUIGNARD

Sempre muito tristes as noites de São João de Guignard. O que se festeja, afinal, em meio a espaços tão vastos, que nos retiram o fôlego e a escala? Houvesse aí um elogio à natureza, a seus poderes e amplidões, talvez nos redimíssemos do apequenamento por meio da visão de mundos mais generosos, repletos de possibilidades. Mas não. Essa natureza tem cismas, pudores. Essas noites frias recobrem as coisas com uma neblina espessa, que dissolve as forças que elas poderiam conter. Por certo há encobrimentos que sugerem energias represadas, prontas a se manifestar de maneira furiosa: Turner, Caspar David Friedrich. Não é o caso para Guignard.

Em lugar de preparar expansões incontidas, sua natureza se contenta com dispersar-se. Raras vezes montanhas encontraram um destino tão arenoso. Apenas os delicados balões coloridos conseguem escapar a essa sina, e sobem. Enfim, alguma direção, movimentos mais determinados. De que servem porém balões em céus baixos? Nada obtém vivacidade ou concentração nesse cenário evanescente.

Mesmo a figura do Cristo — recorrente em suas pinturas — perde determinação. Uma tristeza doída nos aproxima de seus sofrimentos. Mas também os diminui. E por mais que pontue seus quadros com pessoas, o pintor ja-

[71]

mais consegue povoar seus espaços e torná-los um lugar apto a atividades humanas construtivas.

A dissolução que domina parte significativa da obra de Guignard tem contudo uma particularidade extremamente interessante. Ela é uma dissolução sofrida, passiva. Não resulta da imposição de formas que desfaçam cruel e violentamente a feição natural das coisas. O mal — essa espécie de desvirtuamento da existência tranquila e positiva dos seres — fascina Guignard, que reluta no entanto em exercê-lo. Ele suspende a consistência das coisas. E se detém aí. O outro passo, a cruel transfiguração do mundo, parece ser um movimento por demais temerário.

E, de fato, como encontrar no Brasil um lugar para a maldade que não se confunda com a prepotência e o terror correntes? Nossa arte moderna parece carregar consigo a marca dessa dificuldade. Aqui, a transgressão — na grande maioria dos casos — tem uma dimensão recatada, por vezes quase edificante. *Grande sertão: veredas* tematiza o mal, mas sua forma é doce, de ressonâncias coloquiais. E assim tantas outras obras. Guignard não escapa a esse dilema, e talvez o sintetize de maneira exemplar.

Na impossibilidade de uma atitude invasiva, desrespeitosa em relação à aparência amena da realidade, resta voltar-se a uma acolhida excessiva do mundo. A abolição, pela arte moderna, da solidez tradicional das coisas — representada pelo claro-escuro, pelo escorço, pela cor local, pela perspectiva etc. — é aceita por Guignard. E novamente o movimento seguinte emperra. E a continuidade daquele processo tão verdadeiro quanto necessário acaba por conduzir ao polo oposto, a uma anulação voluntária da subjetividade e de seus poderes de formalização.

Numa inversão cujo significado é extremamente esclarecedor do sentido da obra de Guignard, vemos aquela suspensão da integridade das coisas voltar-se contra quem a princípio a introduzira. A bondade, aqui, desfigura, mais do que harmoniza. O engrandecimento das coisas se constrói pela fragilidade dos que a deveriam sustentar. Nem mesmo um franciscanismo solidário obtém confirmação nesses quadros. Ao contrário, temos aí a quase inviabilidade de uma *decisão* que conduza ao desprendimento, à simplicidade, à disponibilidade para o outro.

Quando se leem ou se ouvem depoimentos de pessoas que conviveram com Guignard, é impressionante a recorrência de qualificativos como "santo", "anjo" ou "criança". Essa tendência se cristalizou no apelido que lhe foi dado por Di Cavalcanti — Santo Alberto da Veiga Guignard —, que o pintor aceitou de bom grado. Que um de nossos mais importantes artistas fosse visto como um santo diz muito da arte brasileira. E que esse santo fosse alcoólatra inveterado também diz muito do que entendemos por santo. Dados biográficos em geral são maus guias para a compreensão do significado de obras de arte. No caso de Guignard, contudo, existe tal simetria entre obra e vida que podemos ao menos retirar daí uma paráfrase reveladora.

A bondade de Guignard era proverbial: balas para crianças, um despojamento sem-par, desprezo pelo sucesso mundano, extrema dedicação aos alunos, a ingenuidade em relação ao dinheiro etc. E no entanto, quando chegava a hora, trocava por álcool qualquer uma de suas poucas posses. Com que diabos esse "segundo" Guignard não seria o Guignard a sobressair, e até a ser afirmado? E a bebida será para sempre apenas sofrimento, descontrole, desmesura?

Novamente o mal não poderá ser sustentado — nem mesmo em relação a um artista, que tradicionalmente carrega a pecha de excêntrico, deslocado, marginal. É impossível hoje imaginar outro Guignard. Ficou o bêbado sofrido, culpado e bondoso. Mas possivelmente sua arte seria outra, não o envergonhassem tanto os excessos. O tão decantado lirismo de Guignard traz consigo um sofrimento desproporcional à lírica.

Em meio a tantas limitações, no máximo era-lhe permitido dar vazão a fantasias meio estranhas, fazer das montanhas de Minas Gerais um lugar esquivo, um tanto fantástico, localizado entre um nacionalismo tímido, o simbolismo de Odilon Redon e a fatura lavada de Dufy. Há certa verdade no juízo superficial que faz de Guignard um naïf. Mas quanta diferença com um Rousseau, por exemplo, que tirava da simplicidade uma potência e uma energia sem-par. Nas paisagens de Guignard o mistério parece fadado, de uma vez por todas, a ter de conviver consigo mesmo.

Depois de algum tempo de observação, nos convencemos de que nada irromperá daquelas névoas densas. Aquilo que não vemos permanecerá para sempre fora de nosso alcance, entregue a ruminações acanhadas, incapaz de romper os círculos que o envolvem. Prescindir desses dilemas significaria perder de vista o que faz a particularidade e a grandeza de parte considerável de sua pintura.

A irregularidade da produção de Guignard — que não é pouca — surge quando aquela dissolução cessa de maneira frouxa, quando os espaços ganham uma definição quase tradicional: as paisagens "limpas" de Ouro Preto, a maioria dos retratos, os casarios tradicionais.

É quando os pincéis redondos de pelo de marta — sempre a diluir as configurações mais decididas — dão lugar aos pincéis finos e retos, de traços marcados.

Um pouco à maneira de Policarpo Quaresma, Guignard sofre de Brasil. E isso talvez nem chegue a ser verdadeiramente patético. Ainda que doa muito esse destino dos nossos homens bons (virtuosos?), incapazes de saber o lugar da violência e da maldade. Ser reconhecido, e até amado, pela bondade não é coisa simples. Facilmente se perdem de vista critérios e discernimento, na ânsia de conquistar um assentimento pleno, que afaste dúvidas e distâncias. Guignard chamava de "mãe" a senhoras amigas que o protegiam. Batia os calcanhares e tratava por "Vossa Excelência" aos que o repreendiam (em geral, tinha um copo na mão, e outros, vários outros na cachola). Julgava-se o padroeiro da paisagem brasileira (como menciona num desenho da coleção Lenita Lorch) e não poderia ver redenção naquele fazer tão contido. Trabalhar, para ele, podia, sim, ser uma compulsão (os biombos, oratórios, violões, portas, paredes e tetos que o digam). Jamais, porém, uma atividade positiva e saudável, que fez a longevidade de tantos artistas. Amava ocultamente quase todas as alunas, tinha um lábio leporino horrível, foi educado em Munique, roubado pelo padrasto e querido por todos. Morreu em Ouro Preto — o lugar certo para quem viu na ação do tempo, em sua corrosão, o único modo possível de acumulação.

PALHAÇO

E quando aperto as axilas o pau se me desenrola como uma língua de sogra. Na sua ponta o nariz vermelho, preso aos quadris com elástico. Sou engraçado. Faço da mecânica dos fluidos o escorregador de minh'alma. Aperto aqui, estica acolá. E se me entopem os dutos, não pensem que enfarto. Incho a bochecha. Uma só. E todos morrem de rir. Eu contenho o riso, pois que senão escapa o sopro que me anima. Para compensar, faço verter água a flor que trago na botoeira. Não são lágrimas metafóricas que rolo! Renovo apenas o líquido em que me apoio. Às vezes me pegam murcho. E morrem de pena de mim.

MIRA SCHENDEL (1919-88)

Para Mario Sergio Conti

As coisas surgiam com tamanha dificuldade em seus trabalhos que era de supor que aquela que os produzia soubesse melhor do que ninguém que o comércio do mundo, do nosso mundo, tornou quase banal a noção de presença de coisas e objetos. As suas linhas frágeis mas decididas, as sutis passagens tonais de seus quadros, as intervenções pontuais em extensas superfícies monocromáticas, as superposições de transparências nos mostraram recorrentemente que a presença no mundo não é coisa que se preste a sofismas.

Para Mira Schendel, bastava pontilhar a realidade com presenças esquivas, verdadeiros vestígios de uma espécie nobre de experiência, capaz de reverter a continuidade do cotidiano em momentos de profunda densidade, ainda que eles se resumissem a uma vírgula. O virtuose é um tipo que nutre verdadeiro pavor pela rarefação. Donde a abundância, o excesso, os transbordamentos. Mira Schendel era a antivirtuose por excelência. Cada trabalho surgia como um trabalho a menos, em lugar de um acréscimo. E essa economia não tinha nada a ver com um abandono da possibilidade de fazer arte. Ao contrário. No entanto, não deixava de indicar que a própria experiência artística estava por um fio e que a ansiedade era a pior forma de encarar o "problema".

Em pouco mais de um mês esta é a segunda vez que me sento para escrever uma homenagem póstuma a um amigo. Antes fora Willys de Castro que nos deixara. Dois domingos cruéis, que me fazem vir à cabeça a letra de um velho tango: *"que ganas de llorar en esta tarde gris"*. É duro procurar nexos entre coisas tão irredutíveis como obras de arte, vida e morte. Às vezes é para isso que alguns vivem. Quando veio o câncer, o antivirtuosismo de Mira Schendel deu lugar a um anti-heroísmo que de início nos deixou perplexos. Não quero forçar os pontos de contato, mas talvez eles existam.

"Há horas de lutar e há horas de se entregar" — ouvi várias vezes essa frase no último mês, e confesso que sem a menor cumplicidade e, talvez, sem a menor compreensão do sentido dessa decisão de Mira. Mas, assim como nos seus desenhos as linhas deviam surgir em meio à trama do papel, como que feitas de dentro, sem a exterioridade de um traço que se superpõe, também a vida para ela — agora entendo — jamais poderia se apoiar apenas numa vontade de viver que animasse um organismo combalido. Então ela se foi, e resta esperar que se transforme numa estrela.

SOBERBA

Foi na época em que, por motivo de saúde, precisei abandonar os cigarros e as drogas. Além disso, a pressão alta me obrigou a perder dez quilos. Bem-sucedido nos três casos, julguei que poderia superar todos os obstáculos pela força de vontade, o meu forte. E isso me deixou eufórico. Pus-me inclusive a imaginar novas dificuldades, de modo a poder experimentar o gosto do triunfo sobre as adversidades: larguei os refrigerantes, o açúcar e até mesmo a cerveja. Contudo, uma insatisfação renitente continuava a me intranquilizar.

Então me dei conta de que restringia meu poder de decisão apenas a renúncias e que certamente o exercício positivo de suas forças poderia me abrir caminhos desconhecidos. Comecei por tratar com indiferença, e mesmo certa rudeza, pessoas conhecidas que saudava apenas por polidez. Passei a faltar a compromissos (justo eu, tão pontual), a não responder mais a cartas e telefonemas. E a insatisfação permanecia. Tentei ser cruel, reprimindo minha propensão natural às boas ações. Cheguei mesmo a pensar em cometer um crime. Considerei então as consequências. E me restringi a ser um homem de bom senso.

[81]

REVELAÇÃO

Eu prego. Ouçam-me. Vi os céus se abrirem. Talvez a outro homem não tenha sido dada visão semelhante. Nuvens rompiam-se vertiginosamente, espessas camadas de ar deslocavam-se sem cessar e o mais puro azul era uma luz áspera e encantadora. Não houve anjos ou cânticos. Figura alguma interrompeu o turbilhão de luz e nuvens. Permaneci imóvel, extasiado. E até hoje não logrei compreender o que me foi revelado. Por isso prego. Para que em meio à voragem de palavras me sinta novamente tomado por algo que me domine e me conduza a regiões que desconheço, onde, por não ter paz, por fim obedeça.

[83]

AINDA SOBRE ARTE E VIDA

Para José Antonio Pasta Jr.

PARQUE IBIRAPUERA, 25 DE SETEMBRO

Uma menina de mais ou menos cinco anos senta-se ao piano e começa a tocá-lo meio desajeitadamente, mas com ritmo. Logo em seguida dois rapazes se põem a percutir um surdo e um tarol. Aos poucos, meio tateantes, os três jovens vão aproximando suas batidas e por alguns instantes se estabelece entre eles uma cumplicidade fugaz e tocante. A cena se dá dentro de *Dengo*, enorme instalação de Ernesto Neto que ocupa toda a sala principal do MAM.

A uma centena de metros dali, no prédio da Bienal, alguns senhores ensinam aos visitantes os passos do *danzón*, um ritmo de origem cubana. Os dançarinos são pessoas de idade e encanta a leveza com que conduzem parceiros bem mais jovens, que aos poucos se deixam levar por eles, ganhando graça e desenvoltura. Essa performance foi concebida pela argentina Ana Gallardo e tem lugar um pouco além da rampa de acesso ao primeiro andar.

No piso de cima, jovens circulam pelos meandros de um penetrável de Hélio Oiticica. Investigam seus espaços, perdem-se, reencontram-se. Depois sentam-se e conversam despreocupadamente. Um pouco adiante, outros visitantes descansam numa espécie de cama gigante, também projetada por Ernesto Neto e que a curadoria batizou de "terreiro".

CENTRO DE SÃO PAULO, 26 DE SETEMBRO

Na rua Álvares Penteado, um grupo de samba atrai clientes para uma loja do Magazine Luiza. Pessoas sobem e descem a rua descuidadamente. De repente, uma mulher transforma seus passos numa cadência ondulante, seus gestos se suavizam, ginga por um breve instante e, no alto, uma de suas mãos se move em espiral, como a revelar o que a música fez com seu corpo.

Na praça da Sé, um morador de rua vestiu um de seus cães com a camiseta de um candidato a deputado federal. Sentado sobre as patas traseiras, com o tronco levantado, o cachorro se transforma momentaneamente num centauro invertido (cabeça de animal, torso de homem) e interrompe a cacofonia da praça com uma presença inverossímil, que logo volta a se dissolver na confusão do lugar.

Ao lado da catedral, um senhor idoso está todo vestido de branco. Diz ser o profeta João Batista. Na cabeça, uma velha toalha faz as vezes de turbante. À sua direita, um enorme cartaz fala sobre o final dos tempos. Traz como título, em latim, a expressão "Ecce Agnus Dei" (Eis o Cordeiro de Deus). O homem cercou com margaridas brancas o espaço que ocupa. Mal se move. Diante da catedral vários fotógrafos procuram o melhor ângulo para retratar a fachada do templo.

ALGUMAS OBSERVAÇÕES

Acredito que as semelhanças entre as duas séries de eventos apontadas acima vão além das descrições feitas por mim, embora não negue sua importância relativa. Todos os acontecimentos envolvem pequenas revelações, pausas que interrompem o fluxo e a solidez da realidade, momentos em que a fluência da vida adquire um sentido renovado. Realmente estou convencido de que existem dinâmicas sociais que nos fazem manter a perspectiva de uma convivência mais justa e rica, para além das palavras de ordem e dos movimentos estritamente políticos. E esses acontecimentos singelos são apenas a manifestação fugidia daqueles processos mais amplos. A diferença entre as duas séries reside sobretudo na mediação institucional — bienal, museu etc. — dos fatos narrados no início, com as consequências trazidas por ela.

Como essa aproximação entre arte e vida tem sido uma tônica nas discussões sobre arte contemporânea, penso que seja interessante levantar algumas questões sobre ela. Em princípio, as práticas proporcionadas por artistas como Ernesto Neto e Ana Gallardo — apenas dois exemplos entre inúmeros outros — poderiam ir além de um simples enlevo momentâneo. Por chamar a atenção para os gestos dos participantes, elas teriam a capacidade de ampliar nossa percepção do dia a dia e de nos preparar para intervirmos nele de maneira mais lúcida.

Por outro lado, receio que a forte inscrição institucional desses eventos contribua para colocá-los num plano incompatível com a vida cotidiana. Assim, a arte e suas práticas seriam confinadas à esfera da fantasia e da imaginação, adquirindo em tudo um estatuto diverso do mundo da vida — confundidas com a existência diária e, ao mesmo tempo, segregadas dela pelos limites pouco palpáveis da Arte. Com isso a dimensão emancipatória da própria realidade social se veria reduzida, já que ela poderia ser vista como privilégio de uma camada social específica — os artistas —, e assim sem dúvida o tiro sairia pela culatra.

Mas haveria outro ganho em trabalhos artísticos como os mencionados no início. Diferentemente do que ocorre nas reações e comportamentos espontâneos — a segunda série de eventos que mencionei —, as práticas artísticas suporiam uma dimensão mais objetiva, para além da intimidade de certas experiências individuais, que tendem a se esgotar em si mesmas. Ou seja, a vantagem da arte sobre a espontaneidade cotidiana diria respeito à possibilidade de suas experiências serem compartilhadas por mais gente, por serem reiteráveis, ainda que se abdicasse de um controle que conduzisse sempre aos mesmos resultados.

No entanto, a recusa à produção de *objetos* de arte, justamente para que nada se interpusesse entre arte e vida, não acabaria levando a uma situação em que algo próprio à experiência estética — o juízo, a crítica — se tornaria praticamente impossível? Afinal, a ausência de realidades diferenciadas (objetos de arte) estabelece um envolvimento tão estreito entre projeto e participantes que esse grau de cumplicidade tende a impedir uma possibilidade real de avaliação e até da existência de critérios.

Desde o minimalismo a arte vem pretendendo transpor — e com resultados notáveis — a dimensão estética para uma relação que se daria *entre* obra e observador, em lugar de restringi-la a relações internas aos trabalhos de arte. Em muitos casos — a produção mais recente de Anish Kapoor, de Olafur Eliasson, de Ernesto Neto e tantos outros — essa inclinação conduziu a uma dimensão lúdica em que objetos e observadores tendem a quase se fundir, diluídos pelo alto envolvimento sensorial conduzido pelos trabalhos de arte. Ou seja, o restabelecimento de uma aproximação excessiva — como a apontada no parágrafo anterior — em que o observador pode se ver entregue de mãos atadas às propostas dos artistas.

Acredito que essas ambiguidades de vertentes importantes da arte recente precisam ser realmente discutidas. A aparente renúncia de muitos artistas contemporâneos a uma atividade diferenciada termina por vezes elevando-os à condição de supercidadãos, criaturas inespecíficas que teriam o dom de intervir nos interstícios da sociedade, colocando tintura em episódios que os demais mortais deixariam passar ao largo. Por outro lado, ainda que a própria arte se mostre aí submetida a todo tipo de autocrítica e autolimitação, sempre fica o sentimento de que a essa abdicação de seus poderes subjaz uma intenção muito mais ambiciosa: a quase reafirmação do caráter religioso e místico da arte, esse sim capaz de abolir quaisquer limites entre instâncias sociais, profissões, materiais e instituições.

O PROFESSOR

Era um homem a quem o destino havia consignado uma elevada missão. O que ele não ignorava. Firme em suas decisões, tinha porém a aparência amena de uma pessoa reservada. Quando gesticulava, as mãos permaneciam levemente esquecidas, os dedos lassos. Não os movia a vontade. Se vontade havia, não chegava a suas extremidades. Ele era apenas um invólucro que uma força superior investira. Não convinha contrapor a ela outra carga. Ouvia os outros com um interesse algo distante, como se refizesse intimamente os raciocínios alheios. Era atencioso, embora não permitisse que sua atenção se convertesse em proximidade. Sua paciência concedia aos outros tempo para que chegassem aonde já havia chegado. De quando em quando cerrava morosamente os olhos. Não era cansaço. Apenas apagava com as pálpebras os movimentos excessivos dos interlocutores, os gestos vacilantes de quem ainda não adequara elucubrações a palavras. Sentava-se de viés na poltrona, que estar no mesmo plano dos outros o incomodava.

FOCA

Saio de casa todas as manhãs equilibrando o mundo na ponta do nariz. A realidade anda instável, o que aumenta as minhas responsabilidades. Procuro caminhar ritmadamente e sem pressa e por isso realizo minhas tarefas com vagar. Se perder o prumo, o desastre pode ser irremediável. Não deixo que as pequenas contrariedades do dia a dia atrapalhem meu equilíbrio. Evito as filas longas, relevo o mau humor de algum balconista, os desconfortos do trânsito.

Atlas foi condenado por Zeus a sustentar a abóbada celeste nas costas. São Cristóvão cruzou um rio conduzindo o Menino Jesus no ombro. Receio responder por missão mais severa, por não saber bem o que sustento, ainda que pese. Há dias em que praticamente esqueço o meu fardo. Sinto então uma harmonia intensa com o mundo: a coluna ereta, os movimentos livres, o corpo leve e potente. Mas me causa horror ser feliz sem merecimento. A quem sirvo quando me esqueço?

LEMA

Não esperar nada. Olhar pela janela ao levantar e não fazer da visão da manhã o prenúncio de nada. A vida que corre lá fora em breve também fará de você uma paisagem ao longe. Vista-se lentamente. Estes gestos podem decidir o ritmo do que está por vir. Não há coisa alguma a ser alcançada. Na rua, evite atenção excessiva. Ser surpreendido é a única esperança que resta. Cumpra seus afazeres com correção e como se conhecesse seu sentido. Ao terminar o dia, lembre-se de que amanhã tudo recomeça. E que Sísifo não foi feliz.

WILLYS DE CASTRO (1926-88)

Para Willys de Castro a discrição era praticamente uma forma de estar no mundo. À dimensão ética tão peculiar da arte construtiva — da qual foi um dos maiores representantes brasileiros —, ele acrescentou outra característica: o recato no tratamento do material artístico, a sutileza de pequenos deslocamentos que abriam toda uma gama de possibilidades sensíveis. Dos *Objetos ativos* aos *Pluriobjetos*, de 1983, seus trabalhos surgiam quase que por subtração, a indicar que o excesso perceptivo não é necessariamente um correspondente da grandeza estética, e que a eloquência pode não ser mais que uma demonstração de desmazelo em face das dificuldades contemporâneas de estruturação.

Para o bem ou para o mal, foi também assim que Willys de Castro viveu. Aparecia pouco, não era dado a encontros sociais e há um bom tempo tinha uma presença demasiadamente espaçada no meio de arte. Mesmo a sua doença se assemelhava mais a um vago rumor do que a uma fatalidade que se abatia sobre um de nossos maiores artistas. Sofreu a menos. No entanto, nos raros momentos de conversa era de uma generosidade exemplar. E talvez fossem esses os únicos instantes de transbordamento. Irônico, inteligente, Willys gostava de frases incisivas, também curtas e exatas. Mesmo seus longos fios de cabelo branco

— quase uma fita de Moebius — se deixavam pentear sem rebeldia ou pressão.

Mas certamente para nossa infelicidade Willys de Castro viveu pouco demais. E as possibilidades que seu trabalho oferecia sem dúvida ainda se desdobrariam em muitas direções. Willys deixou vários projetos prontos. Mas também isso é pouco, para quem ainda tinha tanto a realizar. Desta vez, ele exagerou na sobriedade. Para o nosso pesar.

TODA UMA VIDA

Para Drauzio Varella

I

Cresci numa casa de esquina. E toda a minha ambição de criança se resumia em poder sentar-me na calçada, encostar-me no poste de iluminação e observar o pouco movimento das ruas de uma cidade do interior. Estudava de manhã e então eram as tardes que se prestavam à minha distração. O que me encantava naquele lugar? Havia a luz, é certo. Uma luz forte que dava ao espaço uma dignidade nova, por não haver o calor para reduzir-lhe as dimensões. A luz enchia de meandros as ruas e as tardes e quem caminhava por elas revelava a determinação daqueles que sabem por onde andam e a calma de quem gosta do caminho.

Pela minha esquina passavam pessoas incomuns: homens, mulheres e crianças que haviam deixado seus afazeres habituais e que cruzavam a tarde de outra maneira. Pareciam não ter destino certo e desfrutavam a tarde como quem podia detê-la apenas por não depender dela. Seu Antônio tinha os pulmões comprometidos pela tuberculose e era ele quem eu mais admirava. Voltava do ambulatório médico num passo lento, o tronco penso em razão de um antigo pneumotórax. Talvez fosse triste, mas era para mim o homem mais livre da cidade. Nenê, rapazote de uns quinze anos, vivia com Célia, uma prostituta pobre de nosso bairro. Também ele parecia triste, embora fosse o único de nós que conhecia uma mulher. Descia a rua com os olhos no chão e um vasilhame vazio debaixo do braço. Ia comprar cachaça. Eles bebiam, brigavam, espancavam-se — e para mim não havia aí nenhuma violência. Eram apenas crianças como eu. Apenas não viviam com os pais.

Célia foi a primeira mulher com que me deitei. Eu tinha um tesouro escondido no telhado de casa e foi com ele que a paguei. Nenê esperou do lado de fora, triste como sempre. A casa de Célia tinha um cheiro semelhante ao de seu sexo e até hoje algumas casas pobres despertam em mim uma curiosidade lasciva. Dona Regina fumava muito e sempre que atravessava a rua trazia um cigarro entre os dedos. Vivia com seu Rachid sem serem casados e isso mais os cigarros a tornavam muito atraente. E havia ainda os cachorros que a todo instante interrompiam seu caminho atraídos por cheiros ocultos, demarcando com o focinho regiões desconhecidas, que seu faro enchia de vida e realidade.

Havia tantas coisas. Havia tantas coisas e tanto espaço entre elas — e eram eles, esses vazios, os momentos em que a continuidade dos dias errava o passo, que abriam para mim veredas encantadas, momentos de repouso em que tudo cedia ao próprio peso e uma existência em suspensão me assegurava que a vida era mais do que a vida acumulara e assim sem mais, com um sopro, poderia rearranjá-la.

E no entanto raramente me sentava na calçada. Lia gibis, brincava com os amigos, fazia guerras no quintal ou me protegia nas sombras de casa e acreditava firmemente que a sucessão dos dias confirmaria o que a vitalidade da infância anunciava. Não nego que tenha sido feliz. Quando aprendi a andar de bicicleta meu mundo expandiu-se enormemente. E não foram apenas novos lugares e novas distâncias que descobri. Havia sempre algo um pouco além e desde então me pareceu poder alcançá-lo.

Talvez tenha sido a essa altura que passei a perseguir as coisas, em vez de esperá-las na esquina. Pouco importa. Desde sempre me dediquei pouco àquilo que mais amava, e ainda hoje me pego em busca daqueles instantes em que surpreendia o mundo por trás e o observava por onde não costumava ser visto.

II

Até aquele momento, tinha sido uma manhã como as outras. Acordava bem cedo e ia a pé para o grupo escolar, no centro da cidade. A neblina que cobria tudo tornava o caminho de sempre uma aventura serena. Não seria surpreendido por seres estranhos ou por lugares assustadores. Sabia o que surgiria depois de uma esquina ou ao lado do prédio da prefeitura. A névoa espessa erguia distâncias que davam ao caminho de todos os dias um sentido novo, no qual a resistência da neblina a ser vencida conferia ao espaço uma realidade tangível, que transmitia ao corpo força e coragem.

Eu estava no pátio no horário do recreio. O pão com goiabada trazia um pouco de minha casa para a escola e aliviava em parte os medos da infância. Dona Emília, a diretora da escola, atravessou o pátio com passos rápidos e se deteve na minha frente. Passou a mão nos meus cabelos e disse num tom sereno que eu deveria voltar para casa. Precisavam de mim lá. Não me assustei, não imaginei nada de ruim. Arrumei minha pasta e saí.

A névoa já sumira e uma cidade absolutamente nova se abriu diante de meus olhos. Jamais tinha cruzado a cidade naquele horário e parecia surpreendê-la numa atitude em que até então não me havia sido permitido observá-la. Tudo ocorria normalmente: o comércio aberto, as calçadas cheias de gente, o trânsito mais pesado. Não era essa a razão de meu deslumbramento. Eu apenas nunca havia imaginado a existência desses dois mundos paralelos e incomunicáveis, num dos quais as pessoas iam e vinham livremente enquanto nós ficávamos confinados às salas de aula. Por uma fração de segundo experimentei simultaneamente dois mundos completamente diversos e desde então nunca mais me senti à vontade onde estava, por mais que lá quisesse estar. Para minha infelicidade me vi condenado, daquele momento em diante, a sempre querer estar em outra parte, apenas para voltar a experimentar o gosto de tocar uma vida que me escapara.

O retorno a casa foi encantador. Pessoas e lugares não coincidiam. Seu Marcílio não estava atrás do balcão da farmácia, a padaria não tinha quase movimento e diante do hospital vazio poucas horas antes uma fila de homens e mulheres tristes se arrastava lentamente. Vi pessoas que nunca tinha visto, ouvi cantos de pássaros que desconhecia e me guiava por uma claridade que não sabia existir.

Quando cheguei em casa encontrei minha mãe na cama, com um rosto triste que não combinava com sua energia e humor. Me abraçou e me beijou comovida, enquanto minha avó a cercava de cuidados. Meu pai estava em casa, o que jamais ocorria àquelas horas. Tinha o rosto sério, abatido. Ele me envolveu o pescoço com sua mão grande e me levou até a sala. Minha mãe havia perdido um filho.

Não soube o que pensar ou sentir em relação àquilo. Tive pena de minha mãe, de quem gostava muito, porque ela estava doente. Mas já tinha uma irmã, amigos, passava para a cama de minha avó nas noites de pesadelos e não conseguia imaginar minha vida com mais gente. Fui para o quintal e meu cão se aninhou no meu colo. Eu precisava me sentir triste e o gesto do animal me encheu de compaixão. Depois veio a paz. Continuava a ser o único outro homem da casa.

III

Sou um homem velho. Tenho o corpo rijo, seco e as poucas carnes presas aos ossos. A calva lustrosa revela que vivo sem excessos e que me contento com o que me coube. Sinto que ainda tenho muitos anos pela frente, embora não saiba por quê. Moro neste sítio que cultivo com as próprias mãos desde a morte de minha mulher. Levo uma vida metódica. Durmo cedo, acordo com os pássaros, trabalho duro. Procuro gravar no meu corpo a maneira estrita de viver que escolhi.

Passei toda a minha existência à espera de algo que me surpreenderia e que daria à minha vida uma intensidade desconhecida, um destino superior a tudo que tinha podido imaginar até então. E assim levei meus dias num adiamento constante, certo de que o melhor ainda estava por vir. Hoje, porém, não há um gesto que faça que não procure esgotá-lo nele mesmo. Não nego que tenha prazer em ver crescer aquilo que planto e em admirar o progresso de meu trabalho. Mas me dissolvo no que faço. Nada acumulo nem dissipo. E por isso trabalho tão duro. Todo dia, ao amanhecer, caminho vários quilômetros pelas estradas de terra da região. O cansaço saudável e o suor do corpo me proporcionam uma doce fraternidade com a umidade da manhã. Tudo isso me assegura que estou na direção certa.

ADEUS ÀS ARMAS

Lido com mulheres maduras. Irreversíveis. Não aprecio carnes rijas. Pedem um pau que já não tenho. Não é pouco o que fazemos. Carnes tenras permitem atos inesperados. Violências brandas, golpes surdos.

— Senti sua falta, seu puto!

— Seu marido esteve doente...

— Me come toda.

Comê-la toda. Mas como fazê-lo? A essa idade tenho mais vontade é de apertar o que sobra. Ela já não tem vergonha de nada. Faz o que eu peço. Eu é que não sei pedir. Na verdade, acho que gosto mesmo é de apertar o seu corpo, e sentir por fora o que em outros tempos sentia por dentro.

CONSTÂNCIA

— Isso não é amor, não, Antonieta. É ternura.

— Por que é que você diz isso?

— Pelo seu jeito de olhar.

— Que jeito?

— Esse jeito doce, de quem quer manter um sentimento para sempre. Como antes do sono, e que é melhor do que o sono.

— Você é que acha...

— Acho mesmo.

— Você diz isso porque não é com você.

— Você é que pensa, Antonieta.

JURANDIR GONÇALVES DE AGUIAR
(1948-2007)

Jurandir foi office boy do Cebrap — Centro Brasileiro de Análise e Planejamento — por vinte e um anos, de 1978 a 1999, quando se aposentou. Conhecia-o bem, gostava dele e cheguei a ser seu chefe por alguns meses. E por isso não me é nada fácil falar do amigo. Porque além de tudo eu também admirava o Jura como trabalhador, e fica difícil elogiar um grande profissional sem despertar a suspeita de que ele foi apenas uma extensão da nossa vontade. Acontece que de fato Jurandir era bom no que fazia e talvez pudesse ter sido craque em outras atividades, caso houvesse mais alternativas nesta vida. Vai saber. Jura não trazia trabalho para trás. Resolvia tudo. E somente quem nunca trabalhou pode acreditar que a indolência traduz algum vago protesto anticapitalista. Jurandir não fazia apenas as tarefas diretamente relacionadas à instituição. Para facilitar a vida dos pesquisadores, estava autorizado a prestar-lhes serviços, do pagamento de contas a pequenos quebra-galhos.

Ele era de uma honestidade a toda prova — lidava com bastante dinheiro e não me lembro de jamais levantar suspeitas e tampouco de ser assaltado, coisa comum na sua profissão. No entanto, não via o menor problema em assinar ele mesmo uma declaração de imposto de renda alheia que o descuido de um de nós levaria a perder um prazo, com as consequentes multas e chateações. Malan-

[109]

dragem? Não acredito. Era inteligência e discernimento. Afinal, aquela assinatura não mudava em nada o conteúdo do documento — as atuais declarações pela internet a dispensam — e essa capacidade de avaliar as situações lhe era característica. Talvez minha tolerância com essas informalidades revele mais de mim mesmo que do Jura. Ou do país. Pouco importa isso agora. O que talvez valha a pena sublinhar é a admirável capacidade que ele tinha de entender as manhas desse sistema de inúteis dificuldades e de corrigi-lo a partir do que considerava realmente razoável. Se enganaria porém quem deduzisse de seu profissionalismo um caráter servil. Ao contrário, Jurandir chegava a ser rude de tão brioso. Bastava querer rebaixá-lo para se ver condenado a um tratamento monástico. Ficava a um passo de ser grosso com algumas secretárias e pesquisadores da casa. Grosso e mal-educado. Se não me engano, tinha um distúrbio neurológico que a resistência ao tratamento às vezes agravava e talvez isso explique certos descontroles. Não fora o rapaz realmente turrão.

Morava em Franco da Rocha numa casa construída aos poucos, enfrentava diariamente trem e ônibus, chegava antes de todos ao trabalho e sempre procurava ajudar jovens conhecidos de seu bairro, arrumando-lhes emprego (não colocação!) no Cebrap. Um deles, Edimílson, é hoje responsável por toda a parte de informática da instituição. Chamava a esposa de "a mulher" e os colegas de trabalho de "cidadão". Nunca o vi reclamar da vida, embora os abusos e folgas de muitos de nós o irritassem. Vivia modestamente e com dignidade.

Mais ou menos seis anos após se aposentar, um câncer de pele na região do nariz começou a castigá-lo. Quando resolveu tratar-se, foi necessário extirpar-lhe todo o nariz e os gânglios do pescoço, já atingidos. Fui visitá-lo na Santa Casa. No quarto modesto, vendo TV com dois companheiros de internação, apenas levantou o polegar, para dizer que estava tudo bem. Já não podia falar. Grande brasileiro, diria o Luiz Felipe de Alencastro.

[110]

Durante as sessões de radioterapia seus sofrimentos pioraram. Seu rosto inchou e as dores aumentavam. Um dia sugeriu ao amigo Edimílson que não queria mais continuar. Jurandir tinha a mania de trocar a ordem de letras e sílabas das palavras. Mariza, também funcionária e nossa querida amiga, tornava-se "zarima", eu era "godriro" e os filhos da puta "lhafi tapu". Infelizmente, com o câncer não foi possível inverter a ordem das coisas. E Jurandir preferiu entregar os pontos. Morreu no dia 17 de fevereiro bem cedo, sábado de Carnaval. Nem então incomodou os amigos. A folia ainda estava para começar, as cidades vazias, o trânsito livre, os amigos com tempo para se despedir.

Vamos sentir sua tafal, dãodaci.

DANÇA

Se eu soubesse dançar, se me deixasse levar por um ritmo ou movimento, seria mais feliz. Por um breve tempo me associaria a um fluxo superior a mim, uma linha contínua que me tornasse parte do seu curso e me fizesse experimentar uma harmonia que quase desconheço. Em geral fico sentado à mesa, à volta da pista, e observo os casais dançar. Nos bailes de Carnaval, criança, sentava no palco da orquestra, vendo os músicos animar o salão. Um dia, talvez por pena, me convidaram a tocar um surdo. Foi uma alegria indescritível. Por algumas horas era também a origem daquelas pulsações que tanto me encantam. E não errei uma só vez. Marcar o tempo forte é coisa que sei: PUM, pum, PUM, pum.

Há quem dance sozinho, como se a música o atravessasse como uma corrente elétrica. Há quem forme com seu par uma unidade tão poderosa que parece não ficar nada de fora e por isso fecham os olhos, para que pouco reste do mundo. Eu, que não sei dançar, mantenho os olhos bem abertos. Sou tímido e tenho pouco controle do corpo. Considero ridícula a falta de naturalidade nos movimentos e tremo só de imaginar os gestos desajeitados que faria.

Existe no entanto algum encanto em ficar de fora. Me refiro a uma alegria relacionada ao fato de não fazermos parte de um todo, ainda que ele nos fascine. Sinto-me as-

[113]

sim diante do mar, de elevações que deixam ver o horizonte e, por vezes, sob o céu azul. Nessas situações dá-se o contrário do que se experimenta na dança: uma espécie de isolamento amistoso, a consciência precisa de nossos limites mais o contato com o que está além de nós.

Talvez seja isso a dança para as pessoas extrovertidas: estar junto e distante ao mesmo tempo. Nunca saberei ao certo. Sou tímido. Não danço. Mas talvez haja na dança mais que a fusão que faria a alegria de um sujeito desajeitado como eu. Há na paixão dos que dançam alguma coisa da solidão de um homem num descampado. Na verdade, torço para que isso seja verdade: que experimentar a vastidão seja uma forma de estar acompanhado.

A CALMA DOS DIAS

A imagem é conhecida e os mímicos iniciantes raramente escapam a ela: com as mãos espalmadas o ator produz diante de nossos olhos a ilusão de uma superfície de vidro, na qual procura encontrar uma saída.

Gostaria de poder utilizar procedimentos semelhantes. Tenho uma dificuldade crescente em sentir o mundo e a experiência daqueles limites sem dúvida seria um começo promissor. Vejo o contorno das pessoas, percebo as cores e a densidade das coisas e meu sentido de espaço permanece acurado. Não é disso que padeço. Falta o vidro dos mímicos. Quero dizer que me falta sentir a pressão dos corpos e de seus movimentos, a dinâmica que os perpassa e os torna forma e significado. Noto que não me expresso a contento, o que talvez também decorra desse mal sentir.

Houve um tempo em que a sucessão dos dias guardava em suas dobras acontecimentos que não podíamos prever e que esperávamos com ansiedade. O mundo era mais do que podíamos imaginar e por isso superior a nós. Sabíamos que nele se processava uma tormenta rumorosa e estávamos certos de que seríamos surpreendidos a qualquer instante. E nos preparávamos para isso, sem pesar as consequências.

Forças poderosas opunham-se sem cessar e subitamente um desequilíbrio momentâneo faria surgir os sinais de

[115]

uma realidade nova e promissora. E por isso falo em pressão, porque muitos de nós só sentíamos o mundo por não antever seu curso, e o peso de sua indefinição agia como uma força que nos premia e impulsionava. Um acontecimento grandioso se anunciava.

Desde certo tempo noto que aquele rumor foi se tornando inaudível e a sucessão dos dias tornou-se apenas continuidade. Talvez hoje já me faltem as forças para me animar com o inesperado. Temo no entanto que essa serenidade exceda em muito minhas fraquezas. Por vezes chego mesmo a pensar que já vemos o mundo por dentro, cristalino como o pior destino que poderia caber a um homem.

TANGO

Quando abri a porta ele disse que ainda me amava, que na verdade por todo esse tempo nunca deixara de me amar. Eu não sabia de quem se tratava, era cedo e mal havia despachado o marido para o trabalho e os filhos para o colégio. Foram anos de tortura, ele disse, até tomar a decisão de me procurar, mesmo correndo o risco de não ser recebido. Sabia o mal que me havia feito, mas isso acontecia com os jovens, ainda que depois se arrependessem. Era uma manhã de dezembro que já começara quente e que prometia mais calor. Nesses dias a gente se sente exposta ainda que esteja em casa. E havia tudo para fazer, cama, comida, roupa suja, de maneira que não podia estar muito inclinada a espichar conversa. E também deixar entrar assim um estranho em casa não ficava bem, e estava de camisola e ainda não tinha nem lavado o rosto. Talvez me lembrasse daqueles olhos escuros, daqueles lábios rosados. Mas houve outros olhos, outros lábios e de manhã a gente não raciocina direito e a claridade da rua quase cegava. E então achei melhor fechar a porta. Encostei meu corpo nela, olhei demoradamente a casa desarrumada na penumbra e fiquei fula da vida por terem vindo me lembrar da juventude àquela hora, daquele jeito.

UM HOMEM COMO OUTRO QUALQUER: JOSÉ PAULO PAES

José Paulo Paes era um homem avesso a ênfases — no escrever, no falar, no proceder. Detestava chamar atenção e seu comportamento discreto era, num homem constante, talvez a constância predominante. Em situações sociais parecia se ocupar sobretudo com sua bengala, girando-a lentamente diante dos olhos. Chegou mesmo a homenageá-la: "Contigo me faço/ pastor do rebanho/ de meus próprios passos". Gostava de conversar, gostava menos de discutir — tinha de áspero apenas os cabelos cortados "à escovinha", aliás irretocáveis — e menos ainda de discursar. Pastoreava apenas os próprios passos. Valorizava o bom humor e, quando contrafeito, apenas fazia avançar rigidamente o queixo, como se o deslocamento anormal de uma parte do rosto revelasse com clareza a situação em que se encontrava.

Em 1995 a Editora Atual encomendou-lhe uma pequena autobiografia que desse aos leitores mais jovens alguma ideia da trajetória de um poeta. O título do livro era a sua cara: *Quem, eu?: Um poeta como outro qualquer*. O título fazia referência a um programa de rádio dos anos 1940, no qual os humoristas Lauro Borges e Castro Barbosa comandavam um show de calouros. Em certos momentos, chamavam alguém da plateia e então se ouvia ao fundo as vozes de "quem, eu?", ansiosas por serem levadas ao palco.

[119]

No seu caso, porém, a interrogação traduzia mais espanto do que ansiedade. Afinal de contas, não pusera todo o seu esforço em viver sem itálicos, e agora lhe vinham com a encomenda de sublinhar os momentos marcantes de sua existência?

De fato, os acontecimentos exteriores de sua vida caberiam numa página: nasceu em Taquaritinga, interior de São Paulo, em 1926, numa família de classe média baixa, filho de pai português e mãe brasileira; desde criança revelou-se pouco fotogênico, o que o desajeito das fotos feitas para jornais na maturidade apenas confirmou; fez primário e ginásio no interior do estado e, em 1944, mudou-se para Curitiba, onde se formou no curso técnico do Instituto de Química do Paraná; passou a morar na cidade de São Paulo em 1949, e aí trabalhou onze anos numa indústria farmacêutica, a Squibb, e quase vinte anos na Editora Cultrix, antes de se aposentar e passar a dedicar-se integralmente a escrever. Tinha a saúde frágil — sobretudo em função de um grave problema circulatório — e não teria chegado aos setenta anos se não tivesse conhecido o grande amor de sua vida, Dora, uma bailarina admirável com quem se casou em 1952 e cujos cuidados o ajudaram a superar as armadilhas da natureza. Mas também no amor Zé Paulo falava baixo: "Meu amor é simples, Dora,/ Como a água e o pão.// Como o céu refletido/ Nas pupilas de um cão".

Esses acontecimentos, à exceção de Dora, foram apenas os portos em que teve de atracar para chegar a outro destino — e que tenha chegado é coisa que fascina. Não podia afinal ter se satisfeito com uma das paradas, se acostumado com ares e gentes e ali ter construído pouso? Difícil não perder o norte quando não se sabe bem onde ele fica nem se se está preparado para ele. Na dúvida, não custava ter um abrigo provisório em que pudesse ter paz para imaginar como viveria um dia. E aos poucos construíram, ele e Dora, uma pequena casa no bairro de Santo Amaro, que com o tempo tornou-se o ancoradouro definitivo. Em pouco mais de cento e cinquenta metros quadrados encontra-

[120]

ram espaço para biblioteca, jardim, uma pequena piscina, mais a casa, em que se dispõem ainda hoje lembranças de viagens e de amigos, réplicas de esculturas gregas e telas modernas, garruchas e antigas máquinas de costura adaptadas a novos usos. Parecia com a vida deles: uma grande variedade de coisas e ambientes que uma vontade não impositiva soube aos poucos aproximar e afeiçoar.

Muitos outros escritores e intelectuais brasileiros (ou que viveram aqui) conseguiram sobreviver à margem das instituições oficiais de ensino e pesquisa. Possivelmente tenham sido mesmo maioria até o início dos anos 1960 — até pela ausência de instituições que os abrigassem — e a cultura do país não seria a mesma sem a contribuição de pessoas como Monteiro Lobato, Mário de Andrade, Oswald de Andrade, Gilberto Freyre, Caio Prado, Otto Maria Carpeaux, Anatol Rosenfeld, Barbara Heliodora, Augusto de Campos, Fausto Cunha, os intelectuais (tantos!) ligados ao Itamaraty... a lista não teria fim. Sem dúvida, o fortalecimento das universidades e de outros centros de pesquisa teve um papel imprescindível para a cultura do país. Mas a influência decrescente desses grandes "amadores" também trouxe à nossa produção cultural — de par com os discutíveis ganhos do rigor universitário — algum desamor que, receio, deixou pelo caminho aspectos que fazem falta.

Um país com a produção intelectual tão profissionalizada como os Estados Unidos ainda se alimenta de um sem-número de profissionais não universitários. Talvez não tenham mais o peso de Clement Greenberg, Edmund Wilson, Susan Sontag, H. L. Mencken, James Agee, Dwight Macdonald e no entanto contrapõem ao conhecimento universitário um discurso em que homens e mulheres letrados ainda aparecem — talvez utopicamente — no horizonte, com o que a cultura mantém algo de sua vocação universalista e democrática.

Quando olhamos mais de perto a formação de Zé Paulo, algo dessa capacidade de cidadãos comuns impulsionarem saberes e artes chega a ser comovente. Não me refiro apenas a seu avô tipógrafo, em cuja casa cresceu, e a esse contato íntimo entre letra e matéria, esse fascínio de dar multiplicidade aos pensamentos por meio de uma atividade artesanal e de conviver com a admirável tensão entre o chumbo das fontes tipográficas e a abstração de conceitos, ideias e metáforas. Penso também na importância que teve para ele, ainda em Taquaritinga, um ex-sargento da Força Pública, Antônio Mendonça, homem simples que se educou em meio às correntes de esquerda da época e que, em função delas, perdeu o posto, vindo a ser professor de educação física na cidade. Com ele, Zé teve acesso a Gorki, ao *ABC do comunismo* de Bukhárin e a outros textos marcantes da esquerda da época. Ou então, em outro nível, as sugestões fornecidas por um homem de educação mais formal, Oswaldo Elias Xidieh, que visitava parentes em Taquaritinga e abria um pouco os horizontes do nosso quase capiau.

Não creio que trace uma visão romântica da formação do Zé Paulo. Busco antes entender por que certas influências o conduziram, posteriormente, a priorizar determinados aspectos do trabalho de escritor: clareza, correção, preocupação com o leitor, adequação aos meios em que escrevia e um quase desprezo a qualquer ostentação de brilhantismo ou erudição. De certo modo — sobretudo como crítico literário — Zé Paulo escrevia para pessoas que, como ele, se relacionavam com a cultura de maneira não profissional, e que nem por isso mantinham com a produção artística um vínculo superficial. Quando fecho os olhos e busco uma imagem forte das realizações do Zé Paulo, me vem à mente o infalível "tradução, introdução e notas de José Paulo Paes", que sempre acompanhava seus notáveis trabalhos de tradutor.

A preocupação do escritor com o público certamente tem relação com as posições políticas de José Paulo Paes. Foi nos tempos de Curitiba — quando se tornou amigo de Dalton Trevisan e de tantos outros literatos da cidade também importantes em sua formação — que ele se aproximou do Partido Comunista Brasileiro e passou a se envolver mais diretamente com as formas de organização que se opunham às práticas políticas tradicionais do país. No entanto, as concepções estreitas do PC brasileiro, tanto em relação à arte quanto à própria sociedade — sem falar da irrestrita defesa dos descaminhos da União Soviética —, logo o afastaram de seus círculos. Mas por toda a vida Zé Paulo continuou a se considerar um homem de esquerda e a visão ácida que expressava em boa parte de seus poemas não deixa lugar a dúvidas.

Ele costumava dizer, e não era uma boutade, que traduzia porque não sabia ler em outra língua. Penso que quem nunca experimentou esse dilema não tem uma noção forte do que seja crítica, tradução, análise ou interpretação, porque é sempre de traduções que se trata nessas atividades. Zé Paulo nunca aprendeu nenhuma língua de forma sistemática. Nenhuma. Algumas delas — o holandês, por exemplo — namorou por meios prosaicos: aquelas coleções de discos que prometiam um acesso indolor a línguas de pouca circulação. E no entanto chegou a resultados formidáveis. Enfim, desconfio que queria provar que qualquer um, movido por um encanto sem limite por um objeto cultural, poderia chegar a relacionar-se com ele de forma amorosa e dignificante.

Me vem à mente um personagem de *A náusea*, de Sartre: o velho diletante que lia toda uma biblioteca por ordem alfabética. Péssimo contraexemplo. Para gente da estirpe do Zé não contava o respeito à cultura (a ordem alfabética). O que valia era a capacidade de estar à altura das obras que amava. O grande pintor norte-americano Willem de Kooning, depois de muito acusado de plagiar seu colega Arshile Gorky, saiu-se com uma resposta irretorquível: "Claro, nunca ninguém gostou tanto do Gorky quanto eu!". Para o Zé Paulo, a tradução era talvez o modo mais nobre de expressar seu fascínio por alguns autores.

E aqui vale uma correção. Se Zé Paulo era um homem marcadamente discreto, por outro lado era também um grande lascivo, literariamente falando: que o digam suas traduções de Aretino, sua antologia de poesia erótica e tantas outras devassidões. As palavras pertenciam a outros, mas era ele que as escolhia para traduzir. E penso que sua importante tradução de Kaváfis — feita ainda antes de se aposentar — dá uma medida precisa de seu caráter e vocação. Poucos poetas modernos souberam aproximar, como Kaváfis, de maneira absolutamente inovadora, história e lirismo, Grécia clássica e modernidade, desejo e moral. E isso também era o Zé, ainda que na forma de heterônimo. O poeta que, em "Ímenos", chega a esta tensão: "Cumpre amar inda mais e sobretudo/ a volúpia malsã que só com dano se consegue/ e que raro encontra o corpo capaz de a sentir como ela pede —/ que, malsã e danosa, propicia/ uma tensão erótica que a sanidade ignora..." — esse mesmo poeta fazia o elogio de uma moral trágica, de quem precisa realizar uma tarefa justa custe o que custar, como em "Termópilas": "Honra àqueles que Termópilas fixaram/ em suas vidas para as defender./ Que, jamais se furtando à obrigação,/ foram justos e retos nos seus atos,/ mas condoídos, também, e compassivos;/ generosos, quando ricos; quando pobres,/ generosos ainda com seu pouco,/ socorrendo a quem pudessem; proclamando/ sempre a verdade, embora sem nutrir/ ódio algum por aqueles que mentissem.// E de mais honra serão merecedores/ se previram (como tantos o fizeram)/ que Efialte [o traidor] finalmente há de surgir,/ e que os medas finalmente passarão". Conheço pouca coisa mais parecida com o destino dos homens justos na sociedade contemporânea. E, no entanto, como Kaváfis, Zé Paulo jamais fez de sua correção moral um moralismo, consciente de que, por mais que elejamos o justo caminho, "quando chega a noite com suas promessas..." passam a vigorar outros critérios. E isso também é das pessoas comuns.

Algo de seu estoicismo — porque havia essa dimensão nele — lhe foi imposto pela aterosclerose. O grave problema circulatório o fez abandonar o cigarro — com o qual ele ainda sonhava mais de dez anos depois de largar o vício —, boa parte das bebidas alcoólicas (restou-lhe o vinho branco, bebido moderadamente), quaisquer extravagâncias alimentares, deslocamentos mais arriscados e esforços corporais. Foi sobretudo no agravamento da doença que Dora deu-lhe uma sobrevida sem a qual seu período de alforria — os dez últimos anos de intensa produção — não teria existido. No entanto, esse item requer mais precisão. Dora não era apenas a companheira que, por conhecer profundamente o corpo humano e por amar Zé Paulo, obrigava-o a exercícios, dietas e à distância dos vícios. Ela — que nos anos 1950 foi uma das bailarinas mais avançadas de São Paulo, que se iniciou na dança para vencer uma paralisia infantil e que até hoje dá aulas de ginástica e fuma como um turco — é uma mulher que, como ninguém, intuía o projeto difuso que movia seu marido, e que, por admirar essa intenção algo tateante, apoiava-o integralmente. Mesmo porque, nas suas atividades — muitas, tocantes e que ficam para uma próxima história —, Dora realizava um movimento semelhante ao do Zé Paulo: esse anonimato compassivo que acredita na permanência de um núcleo de justiça em meio à sociedade do lucro, e que formidavelmente se compraz com o sentimento da justiça realizada, ainda que em escala modesta. Contudo, sem ela Zé Paulo não teria alcançado a serenidade para trabalhar: "Como submeter/ O desejo ao fado,/ Se todo prazer/ Ri da cautela,/ Ri do cuidado,/ Que o quer prender?// Vou despreocupado,/ Dora, tão despreocupado,/ Que nem sei morrer".

E então, com o agravamento da doença, esse homem discreto e ponderado teve um de seus poucos momentos de excesso, ainda que involuntário e particular. A circulação prejudicada pela doença levou à gangrena de uma das pernas. E as toxinas geradas pela necrose se espalhavam pelo organismo e provocavam surtos de delírio tão fortes que ele mal sabia distingui-los da realidade. Com a amputação, Zé Paulo voltou a sua vida de sempre. Da doença ficou um poema notável, "À minha perna esquerda":

[...]
Longe
do corpo
terás
doravante
de caminhar sozinha
até o dia do Juízo.

Não há
pressa
nem o que temer:
haveremos
de oportunamente
te alcançar.

Na pior das hipóteses
se chegares
antes de nós
diante do Juiz
coragem:
não tens culpa
(lembra-te)
de nada.

Os maus passos
quem os deu na vida
foi a arrogância
da cabeça
a afoiteza
das glândulas
a incurável cegueira
do coração.
Os tropeços
deu-os a alma
ignorante dos buracos
da estrada
das armadilhas
do mundo.
[...]

[126]

Quase toda a produção poética de José Paulo anterior a esse livro — *Prosas seguidas de odes mínimas* — se caracterizava por epigramas extremamente econômicos e irônicos, de certa forma semelhantes a sua inserção no mundo. A partir daí, o poeta parece ter se dado o direito de abrir a porta a um narrador mais lírico, que no entanto jamais deixou de lado a ironia dos versos anteriores, como a zombaria com a própria perna esquerda demonstra.

Essa trajetória de vida descontínua — mas que soube conduzir a uma situação em que afinal Zé Paulo produziu de forma impressionante, nos dez anos de alforria — ganharia uma versão postiça se fosse mostrada como um movimento sereno, de alguém que vislumbra, ao fim das mazelas, a paz que tanto almejara. Ao contrário, e apenas Dora testemunhou isso, foram anos de angústia, porque aqueles dez anos de fim de cativeiro podiam não chegar. Mais: se ele se satisfizera com uma formação truncada, típica dos autodidatas, o tempo perdido na indústria farmacêutica ou na edição de livros — muitos deles da maior importância, sobretudo para os estudos literários — roubava um tempo que, bem ou mal, ele sabia que poderia estar sendo empregado em sua formação.

Não há ilação mais difícil do que aquela que aproxima a biografia e a obra de um autor. Numa passagem comovente, falando de Cézanne, Merleau-Ponty diz que o melhor de um artista deve ser buscado em sua obra. É nela que as incapacidades pessoais de alguma forma se redimem, que os nossos limites fazem vislumbrar algo maior do que se conseguiu ser, e por isso as obras *precisam* ganhar a luz do dia. Neuróticos renitentes deixaram trabalhos admiráveis. Cézanne, por exemplo. São os pecadores que entendem de salvação. Não os carolas.

Realmente, com frequência — e quem não viveu essa ilusão deixou de entender a si próprio — tendemos a aproximar, até por generosidade, a grandeza de uma obra ao caráter, igualmente nobre, de seu autor. Do mesmo modo, quem não passou por essa desilusão, por essa discrepância

[127]

tão corrente, deixou de experimentar uma das dissonâncias mais reveladoras da alma humana. No Zé Paulo, essa angústia conduziu a uma posição tocante: em quase tudo que fez — à exceção talvez dos poemas — nota-se a preocupação em dialogar com aqueles que, como ele certa vez, lidam com a arte e a cultura amorosamente, embora com limites e, mesmo, ingenuidade. Todo o seu extenso trabalho de crítico literário e tradutor tem uma preocupação formadora notável.

Não que ele, nos anos de liberdade, não ousasse: no Folhetim da *Folha de S.Paulo*, no qual muito colaborou nos anos 1980, chegava a propor temas que unificavam toda uma edição do suplemento, e com ideias brilhantes. Certa vez, propôs que se realizasse um número sobre Frankenstein — a princípio um tema pouco instigante —, que por sua sugestão era mostrado como o primeiro, e talvez único, mito moderno, a figura que sintetizava inauguralmente o medo do homem moderno diante da revolução tecnológica e das possíveis monstruosidades que ela poderia criar. Massa! Mas também aceitava correr riscos — ele, já um senhor respeitável —, como quando teve um papel central num número falso do suplemento, no qual escreveu um artigo inesquecível sobre o artista inexistente que se tornou verdadeiro pelas demandas românticas, Ossian, o bardo gaélico. Todos os outros ensaios supostamente falavam de artistas verdadeiros que o tempo apagara, justamente por não corresponderem a expectativas contemporâneas. Foram muitos os intelectuais de prestígio que se recusaram a participar dessa molecagem. Não o Zé.

Mais para o final da vida, essa preocupação formadora se orientou para a realização de poemas infantojuvenis, sempre acompanhados de ilustrações que eram discutidas carinhosamente com seus autores. O sucesso desses livros superou tudo que tinha publicado antes. Em parte pela forte demanda por esse tipo de livro. Em parte pela alta qualidade. No que interessa, mais uma vez ficava claro que seu negócio era formar. Muitas vezes discutiu com amigos próximos sua tese de que a literatura de entretenimento era um degrau para a alta literatura. Ele acreditava nisso, ainda que nunca tenha propriamente se metido por essas veredas.

"Não dá para escrever de fraque, mas também não tem cabimento escrever de pijama" — essa frase que repetia com alguma constância talvez resuma bem o espírito de sua atuação como escritor. Mais para o fim da vida conquistou — por mérito de seus textos — espaço na mídia, sem nunca adular quem quer que fosse. Ao contrário, tinha um zelo profissionalíssimo com seus textos — quando lhe enviavam um recibo em que se dizia que o periódico passava a ser proprietário do trabalho, jamais assinava —, sempre batalhou para ter uma porcentagem nos textos que traduzia (ou seja, não os vendia) e tratava com aspereza quem o supusesse um velhinho senil necessitado de exposição na mídia.

Não tratava a universidade com desdém — alguns de seus grandes amigos estavam lá, como Alfredo Bosi, Massaud Moisés, entre outros —, chegou a dar cursos na USP e na Unicamp, e realmente parecia não se iludir com as glórias passageiras que a presença em jornais e revistas lhe concedia. Tratava com uma franqueza terna os mais jovens que o frequentavam, procurava amenizar neles as angústias por que ele mesmo passara e não os iludia com sucessos e reconhecimentos futuros. Sua companhia era um pouco a garantia de que a simplicidade e a modéstia faziam sentido, e que a sede de nomeada talvez fosse a pior forma de servidão. À sua maneira afirmou um modo sui generis de realizar um trabalho poucas vezes feito no país, e isso, convenhamos, anima mais que muita retórica edificante. Morreu há dez anos e detestaria ser lembrado por um número par. Justamente ele, que até nas pernas contentou-se com um número ímpar.

O ENCANTADOR DE SERPENTES

É uma flautinha de bambu assim à toa, mas a seu som se dão milagres: sorriem para mim as jovens com que cruzo a caminho do trabalho, as árvores se exibem com um despudor comovente, meu corpo parece desconhecer a lei da gravidade e caminho ereto como um rei. Por vezes seus poderes duram por todo o dia e à noite durmo o sono dos justos e sonho ser uma flauta.

FORMA E CONTEÚDO

Numa obra de arte, considero a forma mais relevante que o tema. Num quadro ou romance, não são as figuras ou as histórias que mais contam. Caso contrário seria impossível apreciar a música. Enquanto apenas dispomos o mundo e distribuímos José, Pedro e Maria sobre uma campina ou pelas ruas de uma cidade, ainda não fazemos arte. Apenas exercemos um poder que pouco difere da arrumação dos móveis numa casa ou de objetos num armário. Coisas e animais têm sua vida e contêm trajetórias mais ou menos interessantes. Sofás, mesas, peixes ou camisas tornam-se por vezes arte. Precisam porém deixar de estar à mão, como algo de que nos servimos assim sem mais.

Van Gogh pintou cadeiras. Chardin, pratos de estanho. Em suas telas, cadeiras e pratos não se caracterizam por uma função. Não há segredo nisso. Uma cadeira de Van Gogh guarda a fadiga de todos que descansaram nela. E um prato de Chardin contém a luz que pode aproximar todos os seres. Na maneira de pintar de Van Gogh o trabalho árduo encontra redenção e grandeza. E para Chardin interessa fazer do reflexo da luz num rude prato de estanho o momento em que a solidez das coisas é suspensa e todos os arranjos se tornam possíveis.

Devo estar sendo menos preciso e econômico do que gostaria. O assunto porém é espinhoso e me falta a forma que julgo reconhecer em outros. O que convém acentuar é que a cadeira de Van Gogh não pode ser levada de lá para cá justamente porque estabeleceu vínculos que a fizeram dependente de uma trama de relações infinitamente superior à vontade que a moveria de um canto para outro. Creio que não haveria necessidade de arte se nos satisfizéssemos com os nexos que experimentamos corriqueiramente. E portanto considero que a forma artística reside na construção desse outro complexo de relações que remete ao mundo que conhecemos, ainda que lhe voltemos as costas.

Não penso que essa outra estrutura decorra da imaginação ou de fabulações misteriosas. Raramente se requer maior contato com o mundo. A forma artística tira sua força de momentos que experimentamos de maneira falha na realidade e aos quais procuramos restituir sua inteireza. Por isso a arte nos faz sentir melhores do que somos e por isso consideramos a atividade artística uma forma superior de trabalho.

Se a grandeza da arte reside de fato nessa renúncia à manipulação das coisas — o que é corrente —, deve ela ter origem num tipo de percepção que também renuncie ao controle e à dominação. Não me parece acaso que tradicionalmente se associe a intuição à criação artística. Por ela acedemos incontroladamente a um ritmo difuso que aos poucos reivindica um desdobramento mais acabado.

Há pessoas que encontram essa expressão na própria maneira de viver. São homens e mulheres que tiram proveito da vida como um lutador de judô se vale dos movimentos de seu oponente. Confesso que os invejo. Em geral dá-se a esse comportamento o nome de sabedoria. No entanto é mais frequente que a busca por uma nova forma de articulação se revele por obras que são, simultaneamente, parte do mundo e sua recusa.

Tenho pretensões artísticas, ainda que uma profunda insegurança dificulte uma adesão irrestrita a essa atividade. Por vezes, no entanto, penso que haja nisso mais que razões psicológicas. Sinto aqui e ali o contato furtivo com movimentos intensos, sinais que prenunciam uma realidade mais soberana que as que conheço. Me concentro, procuro encontrar instrumentos que me clareiem a mente e deem curso àquilo que se manifesta apenas timidamente. Em vão. A coisa me escapa entre os dedos. Pode ser falta de talento. Mas temo também ser hoje quase inaudível o rumor que moveu tantos engenhos.

AQUÁRIO

Não fossem as guelras e o movimento ansioso da boca, seria difícil imaginar harmonia superior. Conquistar leveza e mobilidade num meio que lhes opõe resistência e deslocar-se como as figuras de um móbile: os peixes pequenos agrupados em pequenos cardumes, os grandões flutuando solitários. E então obter da água cristalina o que desesperados e suicidas pedem ao escuro da noite: um espaço que os dissolva, uma atmosfera que lhes alivie o peso e a identidade.

Por isso aquários devem ter bolhas, estejam elas na própria forma do vidro que os desenha, venham do oxigênio que se injeta na água ou das preguiçosas massas de ar que se desprendem do fundo e estouram na superfície. São elas, as bolhas, que dão aos peixes uma imagem mais verdadeira — um espaço que se forma em meio à água, transparente como ela e no entanto outra coisa. Sentir ao mesmo tempo a pressão daquilo que nos circunda e torná-la condição de mobilidade. Porque não se indiferenciam água e peixes, o que toda gente sabe. Trocam entre si propriedades, o que a rigidez do peixe fora d'água confirma e o vítreo das águas paradas reforça.

Basta pensar na vida nas metrópoles para ter uma ideia da superioridade dos aquários. Em meio à multidão podemos ver aumentar nossas energias e experimentar o senti-

[137]

mento de que a vida fervilha em todos os cantos, autorizando grandes expectativas. São porém tão rudes os contatos, tão egoístas os interesses que custa a crer que desse ambiente áspero possa surgir uma forma superior de convivência.

Kant dizia — combatendo a ilusão de se conhecerem as coisas em si, suprassensíveis — que a pomba que rompe com as asas a resistência do ar poderia imaginar ser mais livre no vácuo. Essa ilusão não deve ocorrer aos peixes. Eles de fato parecem fornecer um exemplo formidável do que poderíamos vir a ser, uma forma de coexistência em que nossas relações nos afirmassem, em lugar de tolher.

No entanto, resta um problema. Espinhoso. Somos nós, de fora, que admiramos essa harmonia ou são os próprios peixes que se deliciam com seu meio? Vistos de fora, eles parecem dentro. Vistos de dentro, jamais saberemos. Donde talvez a conveniência de nos entregarmos às multidões e, como os peixes do aquário, procurarmos tirar força daquilo que nos tolhe, sem o movimento ansioso da boca. De guelras, não necessitamos.

LAR DAS MOÇAS CEGAS

Aconteceu de repente. Perdido no trânsito de Santos, procurando uma placa que me guiasse, um nome despertou em mim um doce enlevo. Em meio à cacofonia de fios, cartazes, pessoas e carros, as letras prateadas pareciam um verso: Lar das Moças Cegas. Um retiro de paz e silêncio pousou sobre a tarde agitada. Não era apenas a completude de um mundo de sombras que afastava o casarão simples do movimento da avenida insuficiente. Também o arcaísmo das palavras o distanciava do convívio com a realidade. Lares não há mais. Moças tampouco. E os cegos tornaram-se há tempos deficientes visuais: veem o que não veem.

Aquele lar não despertava piedade. A julgar pela fachada, moram ali moças operosas. Do lado direito, uma lotérica recolhia apostas. E faixas de pano falavam de um plano de saúde organizado pelas moças cegas. Outros letreiros mencionavam cursos profissionalizantes e terapias ocupacionais. Na minha imaginação, eu as via recebendo indiferentes o dinheiro alheio. Ou empenhando-se em zelar pela saúde e pelo bem-estar de seus semelhantes e de si próprias.

E quando a noite — a nossa, a dos que julgamos enxergar — chegava, uma vida muito especial poderia se desenrolar no interior do sobrado. Mulheres jovens que se reconheciam apenas pelos seus sons moviam-se pela casa

[139]

conduzindo nos corpos seus próprios espaços. E, com a delicadeza de quem precisou aguçar os sentidos, cuidavam para não invadir territórios alheios. Talvez conversassem, costurassem, ouvissem música. Mas suspeito que para todas elas a convivência pressuporia esse tateamento de quem não conhece bem as distâncias embora saiba não poder prescindir delas. No coração da noite buscavam criar e perceber sutis diferenças, a reduzir o escuro que as envolvia e aproximava.

O Lar das Moças Cegas existe e pode ser encontrado na avenida Ana Costa, no centro de Santos. A descrição que apresentei é fiel, ainda que só tenha olhado para a casa por uns poucos instantes. Já devaneios são momentos em que a continuidade dos dias e dos hábitos se interrompe e que nos oferecem tudo que a gratuidade pode oferecer. Não se pode exigir deles um compromisso com a verdade. Nem mesmo sei se de fato mora alguém na sede da entidade. No entanto, o Lar das Moças Cegas ajuda a compreender, por contraste, algumas dimensões incômodas da vida contemporânea.

Consideremos, por exemplo, essas moradias de vidro que respondem pelo nome de *Casa dos Artistas*, *Big Brother* ou *No Limite* e que fazem a delícia do público televisivo mundial. Diferenciam-se em tudo do Lar das Moças Cegas. Nelas tudo é transparente, exteriorizado, visível. Mesmo a turma de desocupados e desocupadas que passam o dia enchendo o tempo parece se reduzir àquilo que mostra: músculos. Em consequência, esse convívio enfático precisa se traduzir em contatos físicos, e não é à toa que eles se tocam sem cessar, friccionando-se como morcegos. Quando pronunciam alguma coisa, apenas colocam legenda em cenas absolutamente compreensíveis sem fala.

No entanto, esse mundo de todo visível revela um aviltamento supremo do olhar e de seu correlato, a distância. Aqui, o que conta é o tato. E não penso que esse encurtamento das distâncias se deva apenas à necessidade de erotismo e de índices de audiência. Nessas casas de boneca o próprio mundo torna-se mais doméstico e apreensível.

[140]

Conflitos, simpatias, rancores e afeições se explicam por uma química de corpos e idiossincrasias. A vida real — pois não se trata de ficção — teria ali sua matriz, a que não faltam cobiça, competição e recompensas. E é justamente por isso que essas casas de vidro atraem e se diferenciam de uma cena de rua qualquer. Nelas a vida se mostraria em sua completude e repleta de sentido: uma história com começo, meio e fim.

O esquema é de fato bem bolado. Cenas íntimas e privadas mostram-se publicamente. Numa transposição malignamente genial, produz-se a impressão de que, ao espectador, se revela em sua inteireza a própria chave da conduta humana. Simultaneamente, julgamos perceber o comportamento — algo público — e as intenções que o movem, já que temos acesso às mais ocultas fabulações daqueles seres cristalinos, sem segredos ou mistérios. Durante o Carnaval, os participantes de *Big Brother Brasil* decidiram festejar, e de imediato a alegria se fez realidade. Assim como os corpos de mulheres e homens se tocam sem cessar, tudo ali se explica mecanicamente, por relações de causa e efeito, como numa mesa de sinuca.

Mas seria demasiado esperar que apenas a explicação da origem dos atos humanos prendesse multidões de todo o mundo diante do televisor. Há menos kantianos sobre a face da Terra. As casas de vidro têm também seu projeto utópico. Essas realidades de cristal trazem seu sentido à vista, livrando seus habitantes de toda sorte de aflições e angústias. Pode demorar um pouco. Mas mais cedo ou mais tarde intenção e destino coincidem, com o que a vida se desfaz de dramas inúteis. Afinal, a vida é uma bolha de sabão, com a vantagem de quem a infla também poder habitá-la. E a recompensa, evidentemente, salta aos olhos: são todos jovens e belos, não fossem também um pouco lentos das ideias.

Quanto mais complexa fica a vida contemporânea, mais apetitosas se tornam as explicações caseiras. E seria injusto atribuir a esses programas a exclusividade da iniciativa. Elas estão por toda parte. Não faltam mesmo nas manifestações da chamada cultura superior: na volta da fachada na arquitetura pós-moderna, quando tudo vira casinha; na reivindicação, pelas artes visuais, de uma fusão entre obra e vida (esta vida!), com a consequente proliferação de instalações que, na maior parte dos casos, não passam de ninhos; no interesse geral pela vida íntima de homens e mulheres apresentada em best-sellers; numa figuração esperta no design contemporâneo, fazendo de mãos e pernas o desenho de cadeiras e mesas, a tornar lúdicos os atos cotidianos; no esforço para transformar em arte a alta-costura, domesticando de vez a criação artística, que passa a ter dia e hora para se mostrar, além de obedecer às exigências das estações; na crítica generalizada a toda noção de forma, ou seja, na recusa a qualquer tipo de mediação que faça dos significados uma função de relações reveladoras, e não apenas de narrativas e figuras.

Todos esses eventos possibilitam a experiência arrogante de acedermos ao núcleo dos acontecimentos sem sermos maculados por eles. Não há forma de explicação mais tranquilizadora. Compreendemos tudo sem sermos postos em causa. É melhor ficar de fora. Alguém, afinal, precisa manter a calma. O voyeur não tem nem mesmo coragem de desejar — deseja o dos outros. Uma curiosa exterioridade caracteriza todas essas manifestações. Por isso estão tão perto da pornografia. Insistem em apresentar à luz do dia o que não se pode mostrar assim. Cúmulo da ironia: nesses nossos dias violentos, ficamos sem saber qual o sequestrado, qual o sequestrador, pois o cativeiro se revela reversível — dentro e fora não fazem mais sentido. George Orwell mal imaginava aonde poderíamos chegar.

No entanto, para quem sabe olhar, o mundo todo pode estar contido num dedal. Balzac desenrolava a sociedade francesa inteira de uma pensão, a casa da sra. Vauquer, de *O pai Goriot.* Machado de Assis compunha a vida brasileira do século XIX com três ou quatro peças familiares — digamos, Capitu, Bentinho, Escobar e José Dias. E a existência poucas vezes respirou tão profundamente como numa foto de Cartier-Bresson ou de André Kertesz. Mas isso requer atenção aos intervalos, aos espaços, às relações entre cá e lá. Parece que já não é o caso. A transformação do olhar em tato significa atribuir às coisas um sentido definitivo, independentemente do ponto de vista, da situação, dos vínculos entre os seres. Conrad Fiedler — o fundador da teoria da visibilidade pura — dizia que o tato não possui história. (Vale a pena lembrar que o erotismo não se reduz ao tato.) E isso por uma razão simples: ele apenas produz duplos, tautologias, cópias esmaecidas. Nunca esse raciocínio foi mais pertinente.

E então fico me perguntando qual é o verdadeiro Lar das Moças Cegas. Mas isso seria cometer uma enorme injustiça com aquelas moças operosas da cidade de Santos.

PROFUMO D'UOMO

Tenho saudade de um odor que tive e que ficou para trás. Servem para isso os perfumes — traçam de nós um contorno generoso, nos livram de um peso que nos prende excessivamente a nós. Saía do banho limpo, e os cabelos molhados me certificavam de que ainda podia dispor da vida como dispunha deles: macios, penteados com facilidade. E quando secavam, ondulando um pouco, o odor suave da lavanda me conduzia para longe. A vida me parecia aberta a todas as possibilidades. Um dia retiraram o perfume do mercado e foi como se eu tivesse perdido uma parte do corpo. Minha atmosfera se fora. Tenho saudade de mim. Ria quem puder. Hoje sou apenas o ar dos outros.

O BAR BALCÃO E MEU AMIGO JOÃO

Tenho um querido amigo que se chama João. Ele é grande, calado e meio triste. Teve seus tempos de boemia, mas hoje, como ele mesmo diz, anda em prisão domiciliar, metido com uma quantidade extravagante de livros, com poemas que reluta em publicar e com a tradução da *Entretien infini*, de Maurice Blanchot, que em suas mãos tornou-se de fato infinita, pelo zelo e pela lentidão com que a passa para o português.

Embora estejamos perto da aposentadoria, fizemos grandes farras no passado — eu e meu amigo João. Em geral, falávamos sempre sobre as mesmas coisas. Ele, sobre a literatura que amava ou detestava. Eu, sobre o bom homem que queria ser e não fui. Em muitas ocasiões fechamos o Balcão, para aflição dos garçons, que não viam a hora de voltar para casa.

Por vezes, o João falava. Nesses dias, a noite era para ele uma realidade repleta de esquinas e dobras, com uma surpresa oculta em cada uma delas. Cumpria percorrê-las todas, até que o dia proclamasse, com seu antipático realismo, que mais nada nos surpreenderia.

Outras tantas vezes, o João não falava. Era como se o seu corpo robusto não estivesse a gosto no mundo, sofrendo uma pressão que o irritava e o retraía. João Moura Jr. nunca foi de conversar muito nem de articular plastica-

[147]

mente os sons. Fala com a boca e os dentes semicerrados, o que torna sua voz rascada e pouco audível, a contrastar marcadamente com seu porte. Nos seus dias de silêncio, essa característica acentua-se muito e acho que nenhuma outra pessoa exemplificaria melhor o sentido da expressão "falar para dentro".

Passei várias noites tentando em vão fazer o João falar. Cara a cara, apenas o balcão entre nós, recolhíamo-nos cada um a seu nicho, distraindo-nos com os rostos conhecidos ou dignos de conhecer. Mas enquanto o João bastava--se com seu silêncio — quieto por dentro e por fora —, eu me debatia em grande desassossego, aflito para encontrar uma pergunta que restituísse entre nós o elo perdido e nos livrasse de um silêncio estranhamente invasivo. Feita a pergunta, duas ou três palavras do meu amigo punham meus esforços ao chão, como uma ave abatida por um grande atirador.

Tem muitas qualidades o meu amigo: generosidade, coragem física, indiferença ao que pensam dele, um amor sincero pelas palavras. Embora o conheça há mais de vinte anos, não faço ideia do que espera da vida — se é que de fato espera alguma coisa. Percebo no seu modo de viver um desejo crescente de autossuficiência, o que o amor às mulheres dificulta e perturba. "Meu projeto agora é ficar em casa", disse o João outro dia, para diversão do Ronaldo Brito, amigo comum, que esperava ver associado a "projeto" atitude mais afirmativa.

Visto de fora, João cultiva um mistério. Traz consigo sua nuvem. Talvez seja ele a não saber o que fazer — visto de dentro. Mas afinal "o que sabe um homem de outro homem?", escreveu outro amigo nosso, o Zé Paulo Paes, que infelizmente já nos deixou. O fato é que o João Moura é grande demais — em todos os sentidos — para sumir na fumaça, por mais que a isso almeje. Por não entendê-lo, me asseguro que realmente o quero muito bem. E assim, tentando saber onde estávamos, passamos uma boa parte de nossa vida empoleirados nesse Balcão como duas corujas velhas, esperando do álcool, das drogas, da noite e dos amigos muito mais do que eles poderiam oferecer.

CENTAURAS NAS CALÇADAS

Os calçados são meio pesadões: solas enormes, aspecto bruto, por vezes cano alto, feição militar e enfeites de metal. Mas quem os usa caminha com uma cadência que contraria o aspecto desengonçado deles. De fato, nas calçadas elas parecem potras trotando levemente. Alçam as pernas como se marchassem num ritmo sensualmente marcial e mantêm o tronco ereto dos que se orgulham do seu porte. As plataformas tornam-nas mais altas e assim, verticalizadas e aéreas, elas celebram as novas alturas com um garbo instável, que combina ascensão e a consciência de quem não sabe bem onde está pisando.

Alguns estudiosos do assunto — como a historiadora da moda Linda O'Keeffe — veem aí uma adequação das mulheres ao gosto masculino, ao se colocarem em "pedestais, sedutoramente inacessíveis". De fato, esse raciocínio deve valer para os chapins, plataformas altíssimas, de até sessenta e cinco centímetros, que punham damas espanholas, francesas, inglesas e, sobretudo, venezianas dos séculos xv e xvi bem acima dos outros mortais.

Acho difícil estender esse raciocínio às moças de botas (ou sandálias) de nossos dias. Os pedestais realmente foram concebidos para elevar as esculturas acima do espaço empírico em que eram dispostas e, assim, proporcionar-lhes uma situação em que se diferenciassem das demais formas mundanas, como ocorria também com as senhoras de Veneza, que mal podiam andar sobre seus sapatos, tendo que se apoiar em criados para não caírem ou então manter-se imóveis como estátuas. Como porém falar em pedestal em relação a essas moças que andam ágeis pelas calçadas, tirando nosso equilíbrio e sossego?

E só podemos compreender o encanto desses calçados meio desgraciosos se os pensarmos dinamicamente. A altura das plataformas muda as proporções das pernas femininas e, com isso, seu modo de andar. Essas solas passam com frequência dos dez centímetros. Se considerarmos que uma pessoa de um metro e setenta tem uma canela de aproximadamente quarenta e cinco centímetros, o aumento da parte inferior da perna fica por volta de vinte e cinco por cento.

Essa alteração nas proporções naturais entre coxa e canela — para usarmos termos que facilitem a conversa — obriga as moças a erguerem mais o fêmur para que a parte de baixo da perna saia do chão, e com isso seu andar adquire semelhanças com o trote dos equinos. É nessa forma de andadura que os cavalos alçam mais verticalmente as patas da frente, e essa articulação das patas — que "quebram" em três ao caminharem — acentua o contraste com a cabeça e o pescoço aprumados e majestosos. Não falta aí nem mesmo a lembrança dos cascos, pois essas solas se alargam à medida que se aproximam do solo.

Além disso, como boa parte das solas-plataforma é reta, a articulação do tornozelo torna-se quase impossível, forçando os pés a erguerem-se paralelamente ao chão, o que de novo traz o trote à mente. Em geral, caminhamos com um movimento que vai do calcanhar à ponta dos pés, e ele praticamente se inviabiliza com o uso das solas chatas e rígidas.

Não param aí os efeitos criados pelas plataformas. Quem se dispuser a observar essas jovens nas ruas verá que a diferença natural entre o movimento dianteiro e traseiro do corpo humano se acentua com o uso desses calçados.

Se vistas de frente elas lembram o passo quebrado de um trote, olhadas de trás produzem um movimento mais ondulante e contínuo, já que a maior elevação das coxas faz as nádegas se moverem mais acentuadamente para cima e para baixo, prolongando a linha das pernas e suavizando o aspecto anguloso das articulações. Não se trata de um rebolado, que, ao contrário, exige que as pernas mal flexionem, que os joelhos sejam forçados para trás, fazendo os quadris jogarem para os lados. Rebolados se produzem bem com sapatos baixos, que simulam de perto os pés descalços, com seu "ritmo antigo", no dizer de Fernando Pessoa.

A acentuação da diferença de movimento entre os dois lados do corpo produz um efeito admirável: cria a impressão de um alongamento horizontal do tronco das jovens — já que parece que a distância entre os dois lados se amplia —, que então se transformam em verdadeiras centauras e passam a caminhar de maneira ainda mais próxima à dos cavalos, que movem de forma distinta as pernas anteriores e posteriores. Com as plataformas, essas distinções no caminhar são incorporadas pelas jovens, que assim se aproximam ainda mais dos corpos e dos movimentos dos elegantes equinos... mais o tronco ereto das humanas.

Os cavalos já serviram de modelo para muita moda humana. De penteados a biquínis — passando pelas anquinhas do século xix, pelos saltos altos a empinar as nádegas desde tempos remotos —, muitas maneiras de vestir e dispor o corpo humano tinham seu padrão nos cavalos. O problema surge quando o animal se coloca como um padrão irrealizável por mulheres ou homens, como ocorre com os fios dentais. A tentativa de igualar as pernas traseiras dos equinos, fazendo-as começar nas nádegas femininas, apenas sublinha a distância entre o modelo e a cópia. Não há moça que aguente a comparação, nesse quesito, com um desses admiráveis quadrúpedes.

Paul Valéry, procurando entender a atração de Degas pelas corridas de cavalo, escreveu: "Onde encontrar algo puro na realidade moderna? Ora, o realismo e o estilo, a elegância e o rigor se combinavam no ser luxuosamente puro que é o cavalo de raça". Acho difícil contestar a afirmação, embora outros animais já tenham servido de exemplo para homens e mulheres. Os sapatos de bico fino e longo usados ainda hoje de fato fazem lembrar o andar dos patos, ao obrigar homens e mulheres a levantar mais o peito dos pés, evitando assim que a ponta dos calçados esbarre no chão. Para quem acha que gosto não se discute, nada a fazer.

No entanto, com as plataformas os equinos deixam de ser apenas um modelo de elegância e harmonia. Se estou certo e esses calçados levam a pensar em centauras, algo da majestade dos cavalos é posto em xeque com essa mudança.

Sem precisar recorrer ao mito grego, que mencionava os centauros como seres de hábitos brutais — à exceção de Polo e Quíron, que teria educado Aquiles —, seguidores de Dionísio vivendo nas florestas e montanhas e se alimentando de carne crua, podemos verificar facilmente que algo do aspecto híbrido e selvagem das figuras lendárias se transportou para esses calçados e para a forma de andar que determinam. Não foi à toa que modernamente eles apareceram com o movimento punk — "prostituta" no inglês shakespeariano; "porcaria, madeira podre", no final da década de 1960.

A agressividade daqueles jovens ingleses desempregados se revelava de saída no modo de se vestirem e de se comportarem — um correlato visual do lema *No future*. Ao contrário das divisas pacifistas dos hippies, os punks eram a aparência dilacerada da sociedade que procuravam denunciar, e os coturnos de sola grossa, com todas as suas associações militares e violentas, deixavam claras suas intenções.

Mas o que essas jovens que andam despreocupadas pelas ruas teriam a ver com centauros, cavalos, mitologia grega e o diabo a quatro? Tudo e nada. Nada, se pensarmos academicamente numa incorporação erudita (quase uma citação) desses modelos. Tudo, se entendermos que esses padrões estão por aí, soltos no ar e podem ser usados para responder a situações precisas, com significações mais ou menos claras.

Num estudo pioneiro — "As técnicas do corpo", de 1935 —, o antropólogo e sociólogo francês Marcel Mauss propunha um programa de estudos que considerasse os usos do corpo, nosso primeiro instrumento, de um ponto de vista sociocultural. Do modo de dormir à forma de nadar, haveria uma seleção de atos bem-sucedidos, que responderiam eficazmente aos diferentes contextos sociais em que surgiam.

Ora, numa sociedade tão pouco natural como a nossa, a eficácia dos usos do corpo tem também uma dimensão decididamente simbólica, e muitas vezes "cada sexo é a imagem dos desejos do sexo oposto", como notou Gilda de Mello e Souza no admirável *O espírito das roupas*, um estudo sobre a moda do século XIX. Pensando assim, as análises anteriores talvez sirvam para entendermos melhor os sinais emitidos por essa forma de calçar e caminhar, pelo jogo que se quer jogar com essas escolhas.

Até aqui, as plataformas foram vistas mais dinamicamente, com a atenção mais voltada para o modo de caminhar dessas moças. Contudo, é inegável que esses calçados também têm uma presença própria, estática, o aspecto pesadão já mencionado, que estabelece um contraste visível com a constituição feminina. Não foi por acaso que as plataformas adquiriram sua feição mais "violenta" no Japão. São de fato as pequenas japonesas que usam com mais frequência aquelas botonas de cano alto e solas enormes, muitas vezes acompanhadas de tocantes minissaias. Na terra em que se cultuaram, e ainda se cultuam, os pés delicados e gentis — a ponto de serem deformados pelas faixas que os impediam de crescer normalmente, numa forma de submissão introjetada no próprio corpo feminino —, nada mais compreensível que fossem as mulheres japonesas a protestar mais decididamente contra certas imposições tradicionais que apontavam o lugar que deveriam ocupar na sociedade. As plataformas usadas, por exemplo, por Carmen Miranda certamente não iam nessa direção. Praticamente sandálias com solas e saltos altos, decoradas com padronagens alegres, elas eram mais um adereço (para além do aumento de estatura) na composição de sua figura graciosa.

Essas moças que andam de camiseta cavada, minissaia, cintos com enfeites de metal e botas com plataforma — a meu ver, a combinação mais acertada para o que se quer "dizer" com essas vestimentas — estabelecem no próprio corpo um jogo que, anteriormente, se limitava ao contraste entre homens e mulheres: a discrição e a força cabendo aos homens e a delicadeza às mulheres. As botas viris e marciais apenas acentuam a singularidade feminina, em lugar de masculinizá-las. Como as centauras, trazem uma natureza híbrida que independe da contraposição masculina para se efetivar; e, como as éguas, têm uma força selvagem que convém não invadir. A simbiose entre o animal e o humano parece lhes conferir uma constituição superior, uma unidade nova mas imemorial, que a peça *Equus*, de Peter Shaffer, captou bem, ao revelar uma sensualidade crua e metafísica no desejo de fundir cavalo e homem numa unidade capaz de gerar um erotismo imune à tensão entre os sexos.

Olhando essas moças, percebe-se que o jogo entre os sexos aí sugerido mudou de caráter. Não por acaso há um quê de perversão — um sadomasoquismo de brincadeira, humorado e sem-vergonha — nesses trajes que lembram as "dominatrixes" da tradição sádica. Como num aviso, pode-se ler nelas que a regra agora é outra e que a submissão e a correspondência a expectativas masculinas têm os seus dias contados. Do contrário elas se divertirão entre si mesmas, pois têm uma natureza dupla que a isso autoriza. E sem essa ambiguidade não jogam o jogo.

Infelizmente para mim, aprendi essa lição na prática. Outro dia, caminhava pela rua Maria Antônia, quando vejo vir na direção oposta uma moça clarinha, com os cabelos pintados de um preto fosco, cheios de pontas. Usava saia bem curta, camiseta leve e as pernas eram falsamente frágeis. Nos pés trazia dois fabulosos coturnos de solas grossas e macias. Tive vontade de deitar no chão e pedir que ela passasse sobre o meu esqueleto combalido. Não o fiz. O movimento de gente era muito, o espaço exíguo e a agilidade pouca. E o que é pior: tenho certeza de que ela desviaria.

CREPÚSCULO COM IPÊ

Para Ricardo Terra e Sandra Reimão

Como se sabe, foi a má pintura que pôs a perder crepúsculos e auroras. Afinal, o que sentimos ao pôr do sol é algo inefável. A má arte, ao tentar transpor esse obstáculo, procurou representar o que vai por nós. Não o que temos diante dos olhos. E, assim, os infinitos matizes do começo ou do fim do dia seriam a mais perfeita tradução de uma sensibilidade sutilíssima. E o observador se veria plenamente realizado ao perceber-se pisando em terra firme, longe dos insondáveis ecos produzidos pelo mundo em seu espírito.

Acontece, porém, que há experiências que realmente não podemos ou não devemos partilhar, ainda que esses momentos de encantamento, como queria Platão, pareçam nos conduzir à fala, aos outros. Afinal, convenhamos: há grandeza nas experiências solitárias, assim como há vileza em intrigas. A incomunicabilidade não significa apenas dificuldade de expressão ou confusão inerente aos sentidos, como tentou nos fazer crer boa parte da filosofia.

Atitudes éticas tendem a perder parte considerável de sua justeza tão logo sejam pronunciadas e deve haver algo no êxtase erótico que pede que se extinga em si mesmo. Ou seja, há também uma dimensão pedagógica nas situações em que nos realizamos tão plenamente que podemos prescindir de testemunhas ou da aprovação alheia.

E aprender a morrer (não há solidão maior que a da hora da morte) certamente não será a única lição que podemos extrair desses momentos. Com o que se conclui que deveríamos ceder com alegria a nossos limites como um sereno aprendizado da morte e ver no leve orvalho sobre a grama algo apartado de nós, cuja submissão a representações apressadas apenas conduziria a formas de arte fadadas ao fracasso, a não ser que sejamos grandes artistas.

Diante de um ipê-amarelo, contudo, sinto que minha argumentação vacila. Aquelas manchas do mais intenso amarelo, sustentadas por um caule irregular, áspero e sem folhas, realmente prescindem de expressão artística para serem belas. Há no próprio movimento que conduz do tronco rude às flores luminosas um percurso tão tortuoso e bem-sucedido, um trajeto de tantas mediações que só pode ser arte.

BRAGUINHA

Para Zuza e Ercília

O jeito (essa maneira nacional de driblar a norma por encantos pessoais ou favores) já teve seus dias de glória. Lamartine Babo, Pixinguinha, Sinhô, Noel Rosa, Luiz Barbosa, Carmen Miranda, Mario Reis, entre tantos outros, lidavam com o mundo com o cuidado de quem quer despertá-lo delicadamente, sem sobressaltos. Eram jeitosos na dicção, nas letras e melodias. Mas provavelmente foi Braguinha a figura que usou do modo mais rico e variado esse talento para encantar, para envolver-se afetivamente com a vida e tratá-la sem cerimônia. Carlos Alberto Ferreira Braga (1907-2006), aliás, João de Barro, Carlinhos, Braguinha — até seu nome se recusava ao protocolar registro civil. Tratem-no como quiserem. Mas no diminutivo, passarinho.

Suas canções e historietas infantis parecem composições anônimas. De tão simples, não têm dono. E num piscar de olhos "nós somos os caçadores/ e nada nos amedronta/ damos mil tiros por dia/ matamos feras sem conta". E com espingardas de madeira nos pomos à caça do papão: "Eu sou o lobo mau, lobo mau, lobo mau/ eu pego as criancinhas pra fazer mingau". E assim a vida passa, leve, com inimigos que brincam de odiar-se porque se querem muito bem. Quem pudesse que contasse outra. Como o próprio Braguinha já fizera, ao escrever as formidáveis versões de muitas músicas de filmes de Walt Disney.

Mas era com as marchinhas (assim, no diminutivo) que ele se sentia mais à vontade. Com razão. Estava a gosto. Pegar como base um ritmo militar — a norma — e dissolvê-lo por dentro. De marcial, não faltava nada: toques de clarim, rufar de tambores, repiques de caixa e o bom senso da tuba. No entanto, a aceleração da cadência, o enfraquecimento dos tempos fortes pela entonação manhosa e o ar brincalhão das letras reduziam o ardor bélico a uma guerrinha de crianças. E quanto mais triunfantes as marchas, mais eficazes as molecagens. Pensem no refrão: "Vem moreninha, vem tentação/ não andes assim tão sozinha/ que uma andorinha não faz verão". Enquanto o tom sobe, a letra sai voando. Basta imaginar um pelotão aguerrido marchando ao som de "Eu sou o pirata da perna de pau/ do olho de vidro, da cara de mau!", e teremos a exata dimensão da marotice de Braguinha.

Seu mundo é um mundo simples e singelo. Mas de uma perspicácia danada: "Branca é branca/ preta é preta/ mas a mulata é a tal". Ou seja, vamos pela via do meio. Não por indecisão ou média. E sim porque por ela a vida ganha novo sabor. A pureza permite ver na moça "que anda sem meia em plena avenida" uma "ardência que assombra". E a simplicidade nos faz vislumbrar os encantos de uma vida não regulada pelo dinheiro: "que a vida dura só um dia, Luzia/ e não se leva nada deste mundo".

Antonio Candido fez a análise definitiva desse jeito nacional em "Dialética da malandragem". Braguinha tornou-o sopro: "Tu deves ter fugido de alguma ventarola/ ou de alguma xícara de chá". Na sua música, a leveza nos prepara para uma atitude mais generosa diante da vida. Vamos para onde a brisa sopra. Acompanhar a marcha dos outros é coisa de quem anda perdido.

[162]

ALZHEIMER

— Quero voltar para a casa da minha mãe — disse a senhora de cabelos brancos, sem nenhuma emoção na voz.

Na época em que sua mãe era viva ela corria alegre pelas ruas do bairro. Lembrava-se com facilidade dos longos recados para os parentes. E as noites eram dedicadas apenas ao sono. Nunca imaginara que um dia não poderia mais acordar.

CORAGEM

Vivo com pouco. Não possuo propriedades. Temo ainda certos imprevistos. Mas tenho vontade. Muita vontade. Já senti o gosto da harmonia com o mundo. Hoje o enfrento. Não me importo com a opinião dos outros. São como eu, de pouco valem. Por vezes tenho medo de mim mesmo — do que posso, do que não posso. Acredito na existência da felicidade. Odeio porém sua intermitência: esse maldito receio pela friagem. Hoje piso duro. Carrego comigo o meu lugar e por isso sou forte, ereto. Não tenho esperanças ou expectativas. Trago no lombo os meus limites. O que me afirma pesa. Posso ser lento, não batesse tão forte. Sou ressentido. Poderia ter feito mais. E não farei. Não temo a morte. Meu fim serei eu a decidir.

SEXO

A luz suave da manhã talvez fosse a razão da crueza da cena. A cadela submissa, olhos tristes, conformada com o lugar que lhe reservara o instinto. O macho desvairado que ao contrair e fazer avançar o ventre parecia transformar as patas da frente em mãos precárias, que por não serem então nem mãos nem patas acentuavam a violência do acontecimento. Um pau muito vermelho e fino — um espeto afiado. E as pessoas operosas da manhã que seguiam a caminho do trabalho.

ASSIS

Errei tanto na vida que poderia morrer de arrependimento. Porém, às noites de ruína sucediam por vezes manhãs tão comoventes que não soube resistir a suas promessas. E assim tenho vivido, certo de que a redenção nos obriga a passar pelo que mais desprezamos. Por certo me assombra a perspectiva de aviltar-me a ponto de maldizer a luz suave das manhãs. É um risco que sei que corro.

Advertência: vários textos deste livro foram publicados anteriormente. No entanto, como todos foram muito modificados, decidi não mencionar as edições anteriores.

ESTA OBRA FOI COMPOSTA EM PROFORMA PELO ESTÚDIO GMMAM
E IMPRESSA EM OFSETE PELA RR DONNELLEY SOBRE PAPEL PÓLEN BOLD DA SUZANO
PAPEL E CELULOSE PARA A EDITORA SCHWARCZ EM FEVEREIRO DE 2014.